「マコトよりウソ」の法則

外山滋比古
Toyama Shigehiko

さくら舎

目次◎「マコトよりウソ」の法則

Ⅰ 好奇心

2 ウソではない

3 目利きのシロウト

4 距離の美学

5 インサイダー国家

6 乱談・放談の知力

7 アウトサイダー思考

「マコトよりウソ」の法則

好奇心

のぞき

見てはいけないとされたものほど見たくなるのは、人間に共通の気持ちである。それにまつわる説話はいろいろあるが、もっとも有名なのは、イギリスの〝のぞきのトム(Peeping Tom)〟であろう。

話は十一世紀にさかのぼる。

ある地方の領主が重い税を課して住民を苦しめた。奥方ゴディヴァはそれを改めさせようと、全裸、馬上で街中を通ることを申し出た。住民はひどくそれを徳として、当日は戸をとざして、奥方の裸身を見ないことを申し合わせて、戸を閉め息をころした。

仕立屋の若者トムは、どうしても一糸まとわぬ領主夫人の姿が見たくて、そっと盗み見た。神の怒りにふれたのであろう、目がつぶれた、というのが伝説である。

ほかの人だって、どんなに見たかったかしれないが、そこをぐっとこらえて夫人の勇気をたたえたのである。それを破るとはケシカラン、というので、目が見えなくなる天罰を受けた。

　街中を裸身、馬上で通るのがどんなにつらいことか。だれでもわかるのだが、反面、なんとか一目見たいという気持ちになるのもまた、はなはだ自然である。それを自制しきれなかったからといって、それを責め、罰（ばっ）することのできる人間はいない。やむなく、天が代わってトムを罰したというわけである。

　本人にとっては死ぬほどつらいことであっても、縁のない者には、その苦しみ、つらさは伝わらない。

　それどころか、つよい興味をそそられる。いけないこととはわかっていても、なんとか一目でも見たいという気持ちは正直である。すくなくとも悪いことをしているという自覚はない。

　領主夫人と仕立屋のトムは同一の世界に生きているが、別々のコンテクスト（文脈）に属している。一方に苦しいことが、他方には〝おもしろい〟と感じられるのである。

　人間の悲しき宿命というべきかもしれないが、そういう矛盾（むじゅん）があるからこそ、人間の世界が活力をもちつづけられるのである。

禁じられることが、おもしろく思われるのは、本人と他者とではものの見え方が違うからである。だいたいにおいて、本人と他人では、逆の様相を呈するらしい。いかなる場合も、当事者と同じように感じることは、人間にはできないようになっているのかもしれない。

本人にとって不幸になることは、第三者にはしばしばおもしろい、のである。そこには、「白いモラル」ばかりでなく「黒いモラル」がはたらいている。人間としてはっきりさせることがためらわれることもある。

友人が病気になる。もちろん、快癒を願う心は真正であるが、「自分は元気でいられてありがたい」という気持ちがまったくないとはいいきれない。恥ずかしい自己中心である。それを覆うため、いわば詫びる心のしるしに見舞いを持っていくということが、まったくないとはいえない。

スポーツの試合などでも、試合をしている本人は別として、応援する人たちの思いは、なかなか複雑である。

「勝て！　勝て！」とはげましていても、なんとなく力が抜けるということがある。むしろ惜敗（せきはい）すると、心から力づけようという気持ちになるのは、決して非情ではない。

いつも負けているのを応援する判官（ほうがん）びいきも、敗者に好意をいだく心情は、絶対の強者を愛するのがむしろ不自然であることを暗示している。

ピンボケの美しさ

「夜目（よめ）、遠目（とおめ）、笠（かさ）の内（うち）」という古くからのことわざがある。〝笠の内〟などということばが差し障（さわ）って、いまではよくわからなくなっているらしい。

あることわざ辞典を見ると、青天白日の下、毛穴まで見えるほど近い距離、覆いのない場合、細かい欠点までまる見えになってしまう。対して、暗がりで遠くから見ると欠点が見えなくなって顔立ちは実物よりよく見える、という意味であると説明してある。

すこし違うのである。

昼の明るいところ、近くの、陰るものもないところにいるより、夜、暗いところ、遠くて、あるいは顔を覆う笠をかぶっているほうが、興をそそられ、美しくよく見えるといった心理を述べたもので、たいへん洒落たことばなのである。

見えにくいと、それを美しくする気持ちがはたらくことに注目している。近くにいるより、遠くはなれ、見えにくいところにあると、見る人の心が美化するというのである。

細かいところを鮮明に写し出す写真より、すこしボカしたほうがより美しく見えるということに気づいて、軟焦点（ソフトフォーカス）の写真が発明された。

ピントを合わせれば、それこそ毛穴まで写し出すことのできるカメラを、わざと焦点を甘くし、ピンボケにすると、あたたかい美しさが出るというのもひとつの発見である。逆説の美学としてよいであろう。

人間には、そういう天の邪鬼なところがある。それを、摘出することわざは洗練された世界である。決して古くさくはない。

ジャーナリズムの原点

人の話はよく聞かないといけない。こどものときからそう教えられているが、なかなか、うまく、おとなしく話を聞くことができない。大学でも、講義中に私語する者がすくなくなくて、私語禁止を告示したところもあったほどである。

そういう人たちも、聞いてはいけない他人の話は気になり、聞き耳を立てるのである。

通りすがりの家から話し声がもれてくる。

それを知らん顔して通りすぎるのは普通ではない。なんだろうと思う。聞いてはいけないと思っても、つい気を引かれる。

知らん顔をして通りすぎることができない人ほど、人間味がある。

英語にイーヴズドロッパー（eavesdropper）ということばがある。よその家の軒下(のきした)で、中から聞こえてくる話に聞き耳を立てることである。

日本語で〝立ち聞き〟というところを、軒下でこっそり聞くというところがおもしろい。

家の中で話されていることの多くは、なんということもないことである。とくに、どうということはない。

それが、縁もゆかりもない人の心を引く。おもしろそうだと感じられる。当事者、すなわちインサイダーにとってなんでもないことが、第三者、すなわちアウトサイダーにとっては、わけもなくおもしろくなる。

一般に報道、ジャーナリズムは、一般の人間に代わって、イーヴズドロッパーになってくれているようなものである。

なんでもないこと、おもしろくないこと、取るに足らない犯罪も、ニュースとなれば、読者、視聴者にとっておもしろい話になるのである。

ニュースがおもしろいのは、関係のない人にとってであって、当事者はもちろん、かかわりの深い人、利害関係のある人には、むしろ不愉快であろう。

テレビにはほかにない〝おもしろさ〟がある。映像はかならずしも愉快なことを示しているわけではない。ときには、目をそむけたくなるようなシーンもあるが、視聴者はそれに引き込まれるのである。

当事者として映像化しているわけではなく、アウトサイダーの視点に立っているからである。

事件などで目撃者の談話がとりあげられることがあるが、もちろん、非当事者、アウトサイダーから報じられている。本当の当事者が発言することは、めったにないといってよい。

テレビは〝のぞき見〟によって成立しているのである。

多くの人がテレビを〝おもしろい〟と思うのは、〝のぞき〟のためである。それを自覚することがないのは、テレビがあまりにも一般化しているからである。

テレビより早く、この〝のぞき〟を引き受けたのは新聞である。

新聞は社会を教化する、指導する社会の木鐸（ぼくたく）であると誇示したこともあるが、多くの一般読者は、のぞき趣味を満足させるものとして新聞に親しみを覚えていたのである。

週刊誌などの雑誌が読者を引きつけるのも、〝のぞき〟の代行をしているからで、そのことを忘れた定期刊行物は消える。

〝のぞき〟のおもしろさは、鮮度である。いま、のぞいていることがおもしろいので、十日前の話などに興味をもつのは普通ではない。

おもしろいのは、新しいからである。おもしろさはニュースバリューをもって人の心に訴える。

人類はじまって以来の〝のぞき〟のおもしろさであるが、社会的な力をもつようになったのはごく最近、というより、現代である。そういうことを、われわれははっきり認識していないのかもしれない。

〝のぞきのトム〟はマスコミの元祖であったのかもしれない。

〝のぞき〟がおもしろい。それを否定することは、不可能である。

対岸の火事

戦前の農村は、平和で、犯罪などもほとんどなかった。

朝、出がけによけいなものを持って出た人が、戻って置いてくるのが面倒だから、近くのお地蔵さんの横へ置いておく。夕方、それを持って帰るのである。一日ほったらかしにしておいても、なくなることはない。

そういうのは山地のことで、海に近いところではそんな真似(まね)はできない。

しかし農村では、夜も戸締まりをしない。夏などは、家中を開けたままで寝る。泥棒に入られるという心配はしない。入っても盗っていくものがないから、と安心していたのかもしれない。

そういうところで育った人が、後年、都会の集合住宅などで生活するようになると、しょっちゅう錠(じょう)、キーで失敗することになる。締め忘れて出たりする。

農村の人には、人を見たら泥棒と思え、などということわざがあるのも不思議である。泥棒ということばはあったが、泥棒の被害を受けた人はほとんどいない。平和で安全だが、刺激が足りないから、退屈している人が多い。

ときたまある火事は、事件である。

火の見櫓(やぐら)で半鐘(はんしょう)を鳴らす。たいていは、カーン、カーンと間遠(まどお)に鳴る遠くの火事である。それが早く鳴るほど近い。村の火事なら、カンカンと早鐘である。うかうかしてはいられない。そんなことは一生に一度あるかないか、である。

火事好きは、じっとしていられない。冬の寒いとき、すでに床(とこ)に入っていても、半鐘が鳴ると飛び出す。着のみ着のままである。

どうしたものか、火事は寒い季節に多く、出火は夜遅くなってからである。飛び出してあたりを見廻(みまわ)す。かすかに空が赤くなっているところが火元である。そっちへ向かって小走りに歩き出す。

早くしないと鎮火(ちんか)してしまうかもしれない。急げや急げである。

すぐ近くと見えた赤い空は、じつは隣の町だったりする。夜の火事は近く見える。

着いてみると、もう消火してあったりする。押っ取り刀でやってきた野次馬は、そこで初めて寒さを感じ、元気を失って、とぼとぼと帰る。そのときひいた風邪で苦労した人はすくなくなかったらしい。

そんなにまでして火事を見にいくのは、火事が「おもしろい」からである。「きれい」だからである。人が集まっているのがなんとなく「たのしい」のである。

さすがに、はっきりそうだというのは憚られるが、実際、これほど刺激的なことはめったにない。静かで平和な生活をしている人にとって、見逃すことのできない事件なのである。

野次馬だから、家を焼かれた人のことはほんのすこししか考えない。

いちばん気楽なのは、〝対岸の火事〟である。まかりまちがっても、自分の家が類焼する気づかいはないから、無責任に、純粋に火事を眺めることができる。

隣が火事になったらコトである。

もちろん、自分の家が火を出したら、それこそとんでもないことである。昔から、地震、雷、火事、オヤジ、といったくらい、火事ほどおそろしいものはないのはわかっているのである。

それが他人事（ひとごと）となると、なぜか一変する。放ってはおけぬ、そういってはいけないが、「おもしろい」ものになるのである。

そうした野次馬が許容されるのは、平和、安全、平穏な社会である。災害が多くなると、野次馬は排除される。

かつて、半鐘を鳴らして火事を知らせていたのどかな村や町も、野次馬を喜ばせているというのではあるまいが、半鐘を打って火事を知らせることはやめてしまった。

いま、火事を見にいって風邪をひいたという人はいないだろう。

近い火事は地震、雷なみにおそろしいが、対岸の火事はおそろしくない。

こんなことは口に出せることではないが、「おもしろい」のである。

それを喜ぶのは明らかに反社会的であるが、超モラル的喜びを感じる心理を否定してしまうのは、人間的であるとはいえないかもしれない。

当事者、深い関係をもった人たち、すなわちインサイダーにとって、大きな苦しみ、不幸を与えることが、かかわりのない局外者、第三者、すなわちアウトサイダーにとって、ほぼ反対の意味を帯びるのは、人間というものの複雑さをあらわす。それが、これまではっきりしていなかった。

インサイダーとアウトサイダーは、同じ事象に対して、ほぼ正反対の反応をする。ものごとについて、絶対的という解釈が存在しにくいのも、インサイダーとアウトサイダーという二つの立場があるからである。

一般的に、インサイダーの見方が優勢であるが、アウトサイダーがあらわれると、そちらの見方のほうが有力になる。

歴史はアウトサイダー視点に立ってまとめられている過去である。

インサイダーの実相は失われているが、それを反省することがすくないのは、それ自体、問題である、としてよい。

他人のケンカ

N博士はフランス語学者として有名で、仏和辞書もつくった。それとは別に、たいへんな秀才として知られていた。

いまと学制が異なるのでわかりづらいところがあるが、小学五年で中学校（旧制）へ入学し、その中学を四年修了で、もっともむずかしいとされた第一高等学校（旧制。のちの東京大学教養学部。略称は一高）の入試に合格。普通の順調な進学者より二年早く、一高生になった、という。

一高の教務関係の職員が、そんなことのできる新入生を見たくて、教室をのぞきにいったという伝説が生まれたほどである。

そのN博士が、中年の大学教授であったころのことである。

ある人が、Nさんの自宅をたずねてきた。

「初めての者ですが……」

というあいさつを聞いて、N先生はじっと相手の顔を見つめて、

「初めてではありません。前に顔を合わせたことがあります」

と言い出した。相手が、そんなことはありませんと否定すると、Nさんが話し出した。

「もう二十年くらい前のことですが、あなたは渋谷の喫茶店で、どこかの人とケンカしたでしょう。そのとき、止めに入ったのがボクですよ……」

そう言われると、ボンヤリした記憶がよみがえってきた。その人が感心して、この話を吹聴（ふいちょう）したから、知る人がふえた。

それくらい、N博士は記憶がよいのである。聞いた人はみな、その超人的能力に舌をまく、というわけである。

たしかに、Nさんの記憶力はたいへん優秀であったであろうが、ケンカの当事者の忘れていたことを仲裁者が覚えていたのは、ただ記憶がよかったというだけではない。

他人のケンカの中に立っておさめたから、つよい印象として残ったのである。ケンカの当人たちの記憶力がよくても、仲裁者と同じように、よく覚えているとは限らない。

いやなケンカである。忘れたいと思わなくても忘れる。二十年もたてば、覚えていないほうが自然なのかもしれない。

それにひきかえ、ケンカの止め役には、いくらかおもしろさがある。すくなくともケンカしている人間より冷静で、しっかり見すえている。局外者、アウトサイダーだからである。

いやなことは忘れようとしなくても、自然に消えている。それに対して、おもしろいことはなかなか忘れない。

N博士のように記憶力のすぐれていない人でも、ケンカをおさめた人は、ある満足感をいだくにちがいない。いつまでも忘れないことになる。

二十年も前の小さなトラブルを覚えているのは、記憶力だけの問題ではない。アウトサイダーとして、ケンカを見ていたからである。Nさん自身がケンカの相手であったら、同じようにあざやかに覚えていたかどうか疑問である。

ケンカはいやなものである。できればケンカなんかしたくない。お互いに、そう思っている。

それなのに、「火事と喧嘩（けんか）は江戸の華」という、いささかおだやかでないことばがある。火事やケンカをおもしろがる野次馬根性をもっているから人間らしい。

火事で自分の家を焼かれて笑っていられる人間はいないが、対岸の火事だと、興味深く眺めることができる。

対岸の火事で悩むのはむしろ唐変木（とうへんぼく）。人間らしさに欠ける。

ケンカも、どこの人かわからない人同士が争っているからこそ、興味本位に眺めることができる。いくらかでもかかわりのある者がケンカをしているのを、「おもしろい、やれ、やれ」などと言ったりすれば、人でなしである。

仲間内のケンカはいけない。

小さな集団では、お互いにかかわり合いがある。知り合いのケンカは見苦しい。「おもしろい」などと思ったら、それこそおかしいのである。

小さな村などのケンカはなんとしても避けなくてはいけない。おもしろがる、など沙汰（さた）の限り、論外である。

小さな集団ではアウトサイダーになることがむずかしい。ケンカや火事が〝華〟になるのは、アウトサイダーにとってである。

江戸にはアウトサイダーがいたから、ケンカがおもしろくなったのである。

近い戦争、遠い戦争

ものごとは、なんでも、当事者がごく限られている。それを伝える者がいて、話は広まる。その話が、だいたいにおいて、おもしろいのである。

当事者にとって知られたくないようなことも、話になると、興味を引くようになる。ニュースであり、噂(うわさ)である。

ゴシップがおもしろいのは、アウトサイダーの伝えるところだからである。

なにごとも真相を伝えることはたいへんむずかしい。むしろ、実際とは裏腹のような話になって広まることがすくなくない。

ニュースがしばしば、当事者の思いもよらないものになることがあって、プライバシーということが問題になる。プライバシーをやかましくいえば、報道は困難になる。個人間の争いがニュースになりにくくなったのは、アウトサイダーの視点が否定されるからである。

同じ争いごとでも、国と国との紛争（ふんそう）はプライバシーがなく自由に報道できるから、ニュースになりやすく、広く伝えられる。

それでも、時代的・地理的に近い戦争などは、客観視しにくいということもあって、あまり興味深いニュースにはならない。

遠くの争いは、労せずして客観視しやすく、それだけに、おもしろいニュースになるのである。

当事者と第三者、インサイダーとアウトサイダーとでは、おもしろさが逆転する。ものごとには両面があって、インサイダーはその一面をあらわしており、アウトサイダーは、その裏側を見ているのである。両者が一致することは、特別な場合をのぞいて、まず存在しない、といってよい。

インサイダーはつねに少数派であり、アウトサイダーは多数派である。ものごとの正否（せいひ）、善悪を多数と少数の力関係で決するとなると、多数のアウトサイダーが正論となる公算が大きくなる。

他人（ひと）の手紙

若いとき、古書目録に、名士の手紙が載っているのを見るたびにハラを立てた。手紙は信書といわれるくらいで、他人は見てはいけないものである。それをまったく縁のない人に売るというのが、いかにも不純、不潔のように思われたのである。

もちろん受け取った人が売りに出すのではなく、亡くなって、あとの整理をする人が売るのである。

それより、そういう名士の手紙を求めている商人がいるから、売る人があらわれる。古物商は、手紙、縁もゆかりもない人の書いた手紙が、市場価値があることを知っていて、古い手紙を集めるのであろう。

古い手紙が商品のようになるのは、他人の手紙をのぞき見たいという欲望のつよい人が、たくさんいるからであろう。

自分のところへきた手紙はロクに読まずに捨ててしまうような人が、名の知れた人の書いた手紙は大切に保存する。どことなく不純のようだが、人情なのかもしれない。

人情といえば、他人あての手紙は、だいたい、自分のところへくる手紙より、おもしろい気がする。

ふつうの人間はうれしい手紙など、めったに受け取らない。面倒なことが書いてあって、頭が痛くなることのほうが多い。手紙なんかこないほうがいい。そう思うのが正常である。〝便りのないのがいい便り〟だと思うのが、普通である。

しかし、他人あての他人の書いた手紙は違う。不思議な興味をひかれる。

縁もゆかりもない人が縁もゆかりもない人にあてて書いた手紙などは、本来、まるでおもしろくないはずであるが、実際は逆。自分のところへくる手紙より、おもしろい。心ひかれるのである。

そんなもの、つまらぬ、などと言うのは、真っ当な人間ではないのかもしれない。名士の手紙を手に入れようとするのは、必ずしも異常ではない。むしろ、正常な感覚である。

よくわかっていることより、はっきりわからないことのほうが、おもしろいのが正常である。身のまわりのことより、遠くのことのほうに心をひかれるのが人情である。

そういう心情によって、われわれの世界は新しくなり、大きくなっていく。

つまり、好奇心によって、進歩するのが人間である。

2

ウソではない

著者と編集者

ある出版社の編集をしてきた人が三月でやめることになった。親しくしていた執筆者にあいさつの手紙を書いた。

ある老著者のところへ書いた手紙のなかに、

「長いあいだ、いろいろご協力くださってほんとうにありがとうございました……」

というところがあって、この老人は憮然(ぶぜん)とした。

〈これでは、オレはこの人の助手だったことになるじゃないか……〉

ことばを知らないのか、ものがわかっていないのか。いずれにしてもおもしろくない。

本を出すのは編集者で、原稿を書く著者はその手助けをしているのなら、「ご協力」でいいが、著者からすると、バカにされているようでおもしろくない。

三十年くらい前まで、出版社の人は、著者のことを先生と呼んだ。ごく若い人でも先生だった。さすがに、いくらか抵抗があったのか、若い著者のことは、「さん」づけで呼ぶようになった。

それがいまは昔のことになりつつあるのか、よほどの著者でないかぎり、先生と呼ばれない。「さん」である。手紙の宛名では、「様」になる。

それにつれて、編集者の地位が高くなって、著者は協力者になりつつある。書く人がいるだけでは本は出ない。編集者が本にするのである。著者より編集者のほうがエラい。すくなくとも力がある。

（じつは、もっと力をもっているのは、〝読者〟であるが、代弁する人がいないまま、その力がはっきりした形をとらない。読者が半ば無視されているために、本が読まれない。編集者は著者に対しては力をもっているが、読者のことはあまりご存じないことが多い）

編集者の力が大きくなったのは、言説が筆者から離れて、客観的になりつつあることを暗示しているのかもしれない。

新聞などは、時間的制約があって、記者が記事をつくることになる。手に余ることがあると専門家や識者の意見を求める。コメント、談話という形で紙面に載る。電話取材であるが、読者がそれを意識することはすくない。

戦後、新聞の電話取材はふえたが、自分の言ったことがねじ曲げられたり、言いたいことが抜け落ちたりする。電話取材でひどい目にあった人がふえて、電話取材はひところほど多くないようである。

その代わりではないが、記者や編集者による〝取材〟がふえた。テーマについて話させ、それをまとめて記事にするのである。

取材を受ける側は、いろいろなことをしゃべる。どういう記事になるかはわからない。たいていは出来上がった原稿を〝確認〟してほしい、といわれるが、もとが他人の書いたものだから、完全に満足するようにまとめられていることは稀(まれ)である。

それよりもっと筆者ばなれしているのが、ライターによる記事である。

著者、筆者にあたる人が、与えられたテーマについて語る。それをライターが記録して、原稿にするのである。

ライターの歴史がまだ浅いこともあって、うまく話をまとめるライターが多くない。それでいて、ポイントをずらしたりしているから、忠実な記録をつくることが困難である。

ひところは、ゴースト・ライターなどといわれたこともあるが、いまは〝出世〟して、はっきり〝ライター〟になった。発言者本人の意図から外れることが多くなるのもやむを得ない。

しかし、筆者ではなく、そのことばをもとにした文章を書くライターの存在はますます大きくなるであろう。

日記と歴史

一般的に、筆者の生（なま）の声が文字になることが、むずかしくなっている。第三者が介在（かいざい）して新しい表現が生まれる。

筆者本人のことばが主観的であるのに対して、記者、編集者のまとめたものは、客観的な要素を含んでいる。筆者、発言者の真意からいくらかでも外れるのは当然である。ウソが入るのである。

もちろん、ウソはよろしくないけれども、それによって、おもしろい文章が生まれるところが重要である。

本人の言ったり書いたりしたことより、第三者がまとめた表現のほうが〝おもしろい〟ことが多いのは、注目に値（あたい）する。

日記は、まず完全に本人責任で書かれる。日記はインサイダーの記録である。〝話〟はそれをアウトサイダーの世界に移すことである。そうしてインサイダーからアウトサイダーへ移るところで、〝おもしろさ〟が生まれる。

ウソがまじっているかもしれない。よけいなことが付加されているかもしれないが、もとのものより〝おもしろさ〟が増加している。それが、ことばのもっている大きな特質である。

インサイダーの表現は正確であるかもしれないが、〝話〟のもっている〝おもしろさ〟に欠けることが多い。

インサイダー、本人のことば、本人の記録より、第三者、アウトサイダーによって加工されたストーリーのほうが〝おもしろい〟。時がたつにつれて、本人のことばは忘れられて、それを伝える第三者、アウトサイダーの表現が残ることになる。

アウトサイダーは、おもしろさをとらえることができるからである。加工であるから、変化は必要である。もとの表現がまったく変化しないで、アウトサイダーに渡ることはきわめてすくないと想像される。

ことば、表現はインサイダーによって生まれるが、それだけでは充分な力をもっていないことが多い。それをいつまでも生きることばにするには、アウトサイダーによる加工、変化が必要になる。

たいていのことが、三十年、五十年たてば風化する。それ以上生きつづけるには、アウトサイダーの加工、修正が必要である。

アウトサイダーからすれば虚偽（きょぎ）であるけれども、幸か不幸か、インサイダーは亡くなって、異をとなえることができない。歴史はアウトサイダーによってつくられるのである。

歴史家がこのことをしっかり考えなかったために、人類は、加工された過去しか知らないということになった。

正しいことより

文化の創造力は、アウトサイダーの二次的表現によるところが大きいことを認めれば、歴史を「過去の事実」と見るのが誤りであることが、おのずからはっきりする。

インサイダーではなく、アウトサイダーの力によって、おもしろいことが見つけられる。

おもしろいことは、正しいことより、生命力がつよい。

正しいことは、やがて忘れられる。しかも、急速に忘れられる。対して、おもしろいことは忘れられにくい。忘れられるにしても、ゆっくり忘れられるから、こちらのほうが歴史の中核になりやすい。

文章について、アウトサイダーの力が認められるのはずっと後になってからである。作品の価値についても、活字によって歴史的価値が認められると、まず、作者の権利が保障された。著作権はインサイダーの権利であるから、出版社、編集者には認められない。

出版文化が発達しても、著述についてのアウトサイダーの権利、出版権、編集権の確立はずいぶん遅れなくてはならなかった。オリジナルなものの価値とは別に、流通価値、おもしろさの本質は、いまなお、はっきりしていないのである。

取材とかライターとかというのが注目されるようになったのは、ことばの文化において、アウトサイダーの力が大きいことが、ようやく認められるようになったことを示すものであろう。

見逃してはならないことは、インサイダーとアウトサイダーのあいだには、時間的、空間的、あるいは、時間・空間的なキャリアという境界があることである。

この境界を越えようとするときに、アウトサイダーは知的興味、おもしろさを覚えるようになっている。

インサイダーには、そのおもしろさがよくわからない。完全にわかっているわけではないアウトサイダーが、知的興味にひかれて、この境界を越える。昔から、そうなっていたはずである。

筆者、当事者にとっておもしろくないことが、他人事（ひとごと）になるとおもしろくなる。

自分の書いた日記を読み返してわれを忘れたということもないとは言えまいが、すこし異常である。しかし、見ず知らずの人の書いたものは、たいていはおもしろい。

イギリスの昔、海軍の人が、他人に読まれないようにというので、海軍の暗号で日記をつけた。サミュエル・ピープスという人である。もちろん読む人もなく、長いあいだ放置されていたのを、閑人（かんじん）が暗号を解読した。おもしろかったから、面倒な解読をしたのである。

これが公刊されると大変な人気で、いまでいうベストセラーになり、文学作品なみの評価を受けるようになった。

本人の書いたのは暗号である。おもしろいもなにもない。それが、時代が移って、アウトサイダーから見ると、本人の想像もしないようなおもしろい〝作品〟になっていた。元からはなれると、おもしろくなる、それが、おもしろいのである。

本人の言うことは、それを聞いて文章にしたものより、正しいし、おもしろいはずであるのに、実際には逆で、伝え聞いたことを文章にしたほうがおもしろい。というより、そのほうが多いのである。

さらに、ライターの書いたものは、元のことばと異なるけれども、そこに特別のおもしろさが生まれる、といえるかもしれない。

直話（じきわ）より取材の話のほうがおもしろいことが多く、わかりやすい、ということがあって、表現はだんだん間接的になり、おもしろくなる。原文第一主義は再考すべきかもしれない。

添削は改変か修正か

若いころ、ひととき、熱心に俳句をつくったことがある。はじめは仲間とつくっていたが、やがて結社に入った。

毎月、五句を投稿する。もちろん、そのまま掲載されたりはしない。そして、はじめは一句しか雑誌に載らない。

その句が自分のつくったのとは違っている。主宰、あるいは幹部の人の添削を受けるのである。たいていはよい句になっているが、自分の句であることがはっきりしないようになっていることがあって、複雑な気持ちがするのである。

それがたび重なって、おもしろくなくなり、会をやめてしまった。当然のように、俳句をつくることもやめた。

はじめは添削ということを、前近代的なことのように考えた。作品に手を入れるのは乱暴なことで、すこしくらい経験があるからといって、他人の作品に手を加えるのはいけないことのように決めてしまった。遅れた考えである、とひとり決めした。

添削をする人たちにしても、後進の作に手を加えることをしていては、自作の力が削(そ)がれるのではないかと思ったりしないだろうか。

添削によって、俳句雑誌は生きていく、などということは考えもしなかった。それが雑誌編集に通じるものであるなどとは、夢にも考えなかった。

自分で雑誌を編集するようになって、たいへんな苦労をした。もちろん、編集ということがわかっていなかったのである。執筆者の原稿を適当に並べればよいとしていた。そのころ、小さな雑誌をつくるのは、〝ノリとハサミ〟の仕事と見られていたのである。

編集がきわめて高度な創造性によるものであることを発見するのに、長い時間を要した。

編集とは第二次創造である。第一次創造である執筆者の原稿をうまく組み合わせて、おもしろいものにするのである。

編集の仕事からいったんはなれて、編集論を考え、『エディターシップ』という本を出した。もちろん、目をくれる人もなかったが、雑誌にはすぐれたエディターシップがなくてはいけないという主張は、ひとつの価値の発見にはなると考えた。

そのころ、たまたま、添削について目ざましいことが起こっていることを知った。文学研究者はまるで問題にしなかったが、創作ということの本質にふれる問題である。

T・S・エリオット（イギリスの詩人・批評家）の『荒地』（The Waste Land）が、二十世紀、英語で書かれた最大の作品であることを、疑う人はいなかった。多くの〝研究者〟があらわれて、その新しさが論じられた。

しかし、エリオット賛美者たちは、大きな見落としをしていたのである。作品の独立性である。

『荒地』はエリオットが病気療養中に書かれたもので、発表になる前に、エズラ・パウンド（アメリカの詩人）の加筆、添削を受けていたことは知られていたが、エリオット礼賛者たちはそれを無視した。

『荒地』は発表されると、世界的反響をおこすようになる。そして、エズラ・パウンドの添削も興味をひくことになり、作者のエリオットに原稿を見せるようにという声が広まった。

エリオットは、それに対して、原稿は紛失(ふんしつ)したと言った。そんなことがあるのだろうかと思いながら、その言い訳を受け入れた。エズラ・パウンドの加筆、削除がかなり大幅なものであったらしいという噂(うわさ)が広まってからも、エリオットは紛失したと言いつづけた。そして亡くなった。

何年かして、アメリカのある銀行家が亡くなった。その遺品の整理にあたっていた人が、亡くなった銀行家の貸金庫から、得体(えたい)の知れないものを見つけた。大学の図書館で鑑定してもらうと、それが、なくなったとされていた『荒地』の原稿であることがわかり、大騒ぎになった。

さっそくファクシミリ版(書物や美術品の忠実な複製)を公刊しようとしたが、未亡人が強硬に反対して、陽の目を見るのに長い時間を要した。

パウンドの添削は、たんなる添削ではなかった。改作といったほうが当たっている。何十行も抹殺(まっさつ)され、新しい表現に置き換えられる、というところが、いくつもある。タイトルも変えられていた。とてもエリオットの作品といえるものではなかった。

それがエリオットの作品として発表されたのである。作者の気持ちがどのようなものであったかわからないが、これが原稿だといえるものではなかった。

エリオットは、パウンドによって改作された『荒地』が大成功であったことに大きな苦悩をもったはずである。

とても原稿を人に見せるわけにはいかない。手許(てもと)におくこともよくないと思ったのかもしれない。アメリカにいた友人の銀行家に託した。預かった人は、『荒地』の原稿とも知らずに預かったのであろう。紛失に近かった。紛失した、というのは、案外、本当のことを言ったのだと考えることもできる。

しかし、作者としてエリオットは、それを廃棄することができなかった。アウトサイダーの手に委(ゆだ)ねた、というわけである。

そういうことが起こったのは、作品にとって、もっとも近い作者より、それを添削するエディターのほうが重要なはたらきをすることがあることを暗示している。文芸がかつて認めたことのない、二次的制作の思想がはたらいている。

一般には注意されることはなかったが、そういう改作が可能であった背景に、作者とエディターのはたらきがある。

エリオットもパウンドも、詩人であると同時に、詩の雑誌の編集者であった。

エリオットは、パウンドが自分よりすぐれたエディターであるという気持ちがあったからこそ、作品の添削を依頼したのであろう。それが添削の域を超えたものであっても、それを受け容れた。

それで原稿の始末にこまった。本当に処分することはできないが、自分のところに置くこともできない。アメリカの友人銀行家の貸金庫というのは、なかなかの知恵であった。

原作よりすぐれたテクスト、異本をこしらえるのが、エディター、編集者である。エディターは、作者から見ればアウトサイダーである。

普通は、作者に劣らぬ力をもったエディターがすくないから、『荒地』に起こったようなことは起こらないが、すぐれた添削者、エディターが存在すれば、『荒地』に起こったようなことが、いくつもあっておかしくない。

どこの国でも、印刷が普及しない時代の古典を多くもっているが、それらが、近代的な作者の力だけで存在したように考えるのは妥当でないかもしれない。

アウトサイダーが改変し、それをまた次のアウトサイダーが修正して、新しい作品として次の時代に送る――。そういうことをくり返して、古典をつくり上げてきたと考えることができる。

原作者と編集機能をもったアウトサイダーによって、作品は長い生命を得るということを暗示している。

インサイダーよりアウトサイダーの力が勝っているときに、古典が生まれる。

アウトサイダーがインサイダーより強いのは、古典の生まれる重要な条件であるように思われる。

3
目利きのシロウト

和歌を捨てた『源氏物語』

日本人は翻訳ということが嫌いなのかもしれない。

大昔、大陸からおびただしい文献、書籍をとり入れたが、すべて原文のままである。

日本のことばに移すということはしなかった。

仏教の経典にしても、中国で漢訳されたものをそのまま受け入れた。レ点やヲコト点をつけた、いわゆる訓点読みのような読み方は、訓点は日本語であったが、本文はそのままである。チンプンカンプンのものになった。

文化、学問においても、〝翻訳〟はしない。

「有朋自遠方來、不亦樂乎」（『論語』）を、

「朋（とも）アリ遠方ヨリ来タル、亦（ま）タ楽シカラズヤ」

と読んだが、原文を変えることはなかった。

ずっとそれを通してきたのである。

明治になって西欧の本が入ってきた。ひととき、英語の原文に、返り点をつけて読む方式が試みられたが、もちろん、うまくいくわけがない。

欧文、英文を読む方式を考え出すまでに、長い期間を要した。英文解釈法という方式ができたのは明治三十年代であった。

これで、英訳は、まがりなりにも日本語へ移すことができるものにはなった。しかし、教室では役に立っても、作品を読むときにはあまり役に立たなかったようである。

ヨーロッパの本を日本語にするには、英文解釈法を超える翻訳の方式が必要であるのだが、それをつくろうとした人はいなかった。翻訳者はたいへんな苦労をして日本語化したが、日本語ばなれした訳文になるのは是非(ぜひ)もない。

意味の通らない訳文をつくった人たちは、原文忠実を言い訳のモットーにした。日本語としてはおかしいかもしれないが、原文に則して訳すとこうなるのだ、というのである。

意味のとりにくい翻訳があふれるようになったのは当たり前で、それに向き合った日本人の受けた被害は小さくないが、それを問う者もいなかった。日本人の頭を不当に酷(こく)使(し)して、日本の文化を弱めることになったのは見逃すことができない。

翻訳をした多くが、語学の教師であったことも不幸であった。誤訳をすれば、本業に差し障(さわ)る。わけのわからぬ訳文は、原文忠実だと言えば、誤訳にはならない。そういう気持ちがはたらいて、日本の翻訳を貧しいものにした。


そういうことを反省させる翻訳があらわれた。

アーサー・ウェイリーの『源氏物語』の英訳、『ザ・テイル・オブ・ゲンジ』（The Tale of Genji）である。

ウェイリーは、イギリスきっての東洋学者である。イギリス人として、源氏物語を英訳したのである。もちろん、原文忠実などということは考えない。自分の理解する源氏物語を英語で書いたのである。日本人だったら決してしないようなことを、平気でした。

もっとも目ざましい改変は、源氏物語にあらわれる和歌をすべて捨ててしまったことである。

いくら説明しても、英語で、作中の和歌を英語の読者にわからせることはできない。わからないことを訳すことは誠実ではない、というのであろう。和歌を捨てた。

ほかにも、建物のこまかい描写なども、読者にわかりやすく伝えることが困難だというので、省略されたところがすくなくない。

ウェイリーの英訳源氏物語はたちまち世界の名作ということになったが、おさまらなかったのが日本の国文学者たちである。

源氏物語は歌物語といってもよいほどで、和歌はきわめて重要なはたらきをしている。それを切り捨ててしまえば、源氏物語も死んでしまう、といった反対論が出て、賛同する日本人がすくなくなかった。

翻訳ということを知らないゆえの批判である。原作とほぼ等価な翻訳というものがあると考えれば、大事な要素を切り捨てたものは、いわば誤訳といってよいものになる。それは結局、翻訳ということ自体を否定することになる。

英訳源氏に反発した人たちは、翻訳というものを知らなかったのである。翻訳を知っている世界の読者は、英訳源氏を世界文学の名作だと考えたのである。

アーサー・ウェイリーが成功したのは、翻訳というものをしっかり理解していたからである。

どんなに苦心しても、原作そっくりの翻訳をすることは不可能である、ということを心得た翻訳を、原作に近いところにいる人たちは認めることができない。

日本の国文学者は、いわば源氏物語の関係者、インサイダーである。一方、ウェイリーは関係のないアウトサイダーである。両者は反対の立場にあるということである。

日本の国文学者だって、源氏物語の書かれた時代から見れば、アウトサイダーである。したがって、昔の読者の知らないおもしろさ、美しさを知ることができるのである。

英訳者のウェイリーは、それよりずっと純粋にアウトサイダーであった。そのために、日本人の学者、研究者、読者とはまったく異なったおもしろさを感じていたはずである。

多くの翻訳において、このアウトサイダー意識は生じているのだが、原作忠実を心掛けるうちに、つい見失われてしまう心理である。

アーサー・ウェイリーは、アウトサイダーに徹した点で稀有のケースであるといってよい。

日本政府がアーサー・ウェイリーの偉業に感謝し、日本へ招くことにしたことがある。しかし、ウェイリーはありがたくこれを辞退した。理由として、こんなことを言ったという。

自分が愛したのは千年前の日本である。いま、日本を訪れれば、いろいろと戸惑うこともあるだろう。長いあいだ抱いてきた思いが、そこなわれることがないとはいえない。それではせっかくのご好意に副うことにならないだろう。ありがたく辞退させてほしい……。

アウトサイダーでありつづけたい、という覚悟である。

インサイダー好みの日本人には、その心情がよくわからなかったのかもしれないが、それを大切にする心があって初めて、翻訳の傑作が生まれたのである。

日本人の翻訳は、とかくインサイダー的になり、わかりにくいものになったのである。すくなくとも、〝おもしろい〟翻訳がほとんど生まれなかったのは、アウトサイダーの立場を貫くきびしさが欠けていたためだろうと思われる。

外国文学

イギリスの文豪、サマセット・モームは一九五九年（昭和三十四年）、アメリカへ講演旅行に行った。

南仏の避寒地で、チャーチルの隣に住むくらいの人気作家である。気むずかしい作家として知られていたから、アメリカ側も応接に気をつかったらしい。

これからどうするのか、と聞かれたモームが、日本へ行くと答えて、びっくりされた。気むずかしいモームがどうして敗戦国の日本などへ行くのか、わけがわからない。

わけを聞かれたモームは、こんな意味のことを答えたらしい。

日本は戦争に負けて元気がないが、私にとっては、イギリス人が認めてくれるより早く、文学としての価値を認めてくれた人たちがいる。敗戦で元気をなくしている日本人をはげましたい、と答えて、アメリカ人たちをおどろかせた。

たしかに、モームの文学を評価した点で、日本人はイギリス人より早かった。〝三文作家〟(mere storyteller) などと決めつけられていたモームを、いちはやく、おもしろい作家としてもてはやした。翻訳がつぎつぎと有力な文庫から出版され、どれもよく売れた。昭和十年代のことである。

もちろん、作者に無断の海賊出版であったが、そんなことを問題にする日本人はいなかった。作者には一文も渡らなかった。これはモームにかぎらず、すべての外国の作品、著者がそうであった。

戦後、それが批判されて改善されたものの、なお充分でなかった。しかし、モームはそんなことはおくびにも出さず、日本の読者に感謝していたのである。

日本は勝手にモームのよさを見つけたのである。深くモームを理解するなどということはなく、ただ、おもしろいと思ったのであろう。

もともと、日本人はイギリスの文学をあまり高く評価しないところがある。フランスの小説はすぐれている。ロシアの小説もすばらしい。それに比べて、イギリスの小説は地味で、華やかさに欠ける。若々しさもなく、退屈(たいくつ)なことが多いと。

そういうイギリスの文学にあって、モームは別格。なにかはっきりしないが、文学らしい輝きをもっている。そのように考える人が多くて、翻訳も出た。それが読者にも受けたというのである。

そういう読者のなかには、モームをフランスの作家のように思っていた者もいたらしい。Maughamという名前もモームと読めないで、フランス人のように思っていた人もあったらしい。

モームをフランス人ととりちがえるのは、偶然にしては、おもしろい偶然で、モームは若いころ、フランスで医学を勉強した。つまりイギリスばなれしていたのである。

それが、モームをイギリスで不評にしていたのかもしれない。日本人はモームがどこかフランス的感覚をもっていることを喜んだとすれば、アウトサイダー的理解ということになる。

当のモームは、もちろん、そんなことは知らない。本国の読者より早く、純文学として評価した日本人読者を高く評価した。やはりアウトサイダー的解釈であったのかもしれない。

戦争が終わると、日本のモームの人気はいよいよ高まった。大学入試の英語の問題の原文としてモームの文章が頻出(ひんしゅつ)した。

とりわけ人気が高かったのが、『要約すると』（The Summing Up）で、大学入試でその一部を出題するところが続出。同じ年の入試で、同じ文章が三ヵ所で出題されるということもあった。

モームが、敗戦で元気を失っている日本人読者をはげましてやろうと考えたのも、やはり局外者と見当ちがいであった。日本人は勝手に愛読していたのである。感謝される筋合いはないのである。

モームは、来日の前に、「私の本を持ってきた人にはサインをする」と日本側に伝えてきた。

目の色を変えてモームの本を探しまわる人がすくなくなくて、サインの日、〝愛読者〟が長い列をつくった、といわれる。

そういうことが起こったのも、日本の読者がアウトサイダーであったからで、その理解も決して深切なものではなかったように思われる。

シロウトの目で読まれたのである。そして、独自のおもしろさを見つけたのであった。


一般に、文学のおもしろさは、アウトサイダー的であるらしい。日本人にとって、国文学、日本の小説などより外国文学のほうがおもしろいのである。同じ外国文学でも、英語でないフランス文学のほうが英文学よりおもしろいと感じるのが普通である。

作家も、まず外国文学にひかれる。そして後年、日本回帰をするのだが、そのころは日本に対してアウトサイダーになっていることが多い。

自伝小説など、作者にいくら才能があっても、おもしろい作品になることはむずかしい。自伝小説をもとに作家研究をする人があるが、誤っているといってよい。

同じ伝記でも、本人とごく親しかった、というような人の書いたものは、あまりおもしろくない。本人と会ったことのない人の書いた伝記が歴史に残る。

インサイダーでは見えないところを、アウトサイダーは見落とさない。

外国人はもっとも純度の高いアウトサイダーでありうる。その点で本国の読者にまさるのは、すこしもおかしくない。珍しくもない。

わが国におけるモームの評価は、そのことをもっともはっきり示しているように思われる。日本の愛読者は、アウトサイダーとして勝手におもしろがっていたのである。作者から感謝される必要はなかったのである。

古典の本質

ある朝、全国紙の朝刊の一面に、おどろくべき広告が載った。そうはいっても四十年も前のことである。

T・Iという詩人の名前も、作品の名前も、あえて伏せることにする。個人の問題ではなく、文芸、著作というものの問題を考えるのが目的であるから、固有名詞はむしろ邪魔である。

その広告で、作者の詩人は、

〝この詩集は千年生きる〟

という意味のことを、自分のことばとして掲げている。

「それがどうした？」と言うのは文学的無知である。学校の国語でいくらか文学というものについて勉強したくらいでは、こういう広告を見ておどろくことはできない。

作者にしてみれば、それくらいの自信はむしろ当然であるとする人が多いだろう。それが無知だというのである。

作者はみずからの作品の運命を予言することはできないのである。

他人（ひと）の作品についてなら、批評を加えることができても、自分の作品について公正、妥当な批評を加えることは不可能に近い、ということを知らないでは、教養があるとはいえない。

「この作品はいつまでも生きていく」

作者がそう断言するのは自由であるが、いわば、ユーモアである。本気になってそう思うようでは、その人の頭が疑われる。

まして千年後まで消えない、などと考えるのは、まったくの放言である。人類の長い歴史を通じても、作者の書いたものが、そのままで千年も生きつづけるということは、あり得ないのが歴史である。

千年でなくて、五十年でも、大多数の作品は消えて、忘れられて、なくなる。生きのびるのは作者の願望によってではなく、作者にとっては第三者の読者によってである。それが文学史の法則である。

作品を生むのは作者であるが、五十年、百年と生きつづけるのは、第三者によってである、というのが古典の本質である。

作者信仰のつよい日本においては、こういう文学史的常識が認められることがすくなく、作者絶対主義の考えがつづいている。

自分の詩が後世ながく読みつがれたい、というのは作者として当然であって、すこしもおかしくはない。ただ、それを本気になって述べるのは、正しくないのである。

作品は読者に読まれて作品になる。読者がなければ、いかなる作者の書いたものでも、作品ではない。

その読者も、作者と同年代の人では、よろしくない。作者、作品と異なったコンテクストに立った異質な読者が、作品の生命を決する。

アウトサイダーによって、歴史的評価が生まれ、それをくぐり抜けたものが古典になる。

千年も生きのびたら、大古典である。何度も新しいアウトサイダーの評価に耐え、それを生きのびる必要がある。

それは至難のことであるから、どの国においても古典の数は限られている。ジョークまじりの作者の願望から古典が生まれることは、絶対にあり得ない。

それくらいのことはわかる人が、いるはずである。昔から、少数ながらいたからこそ、古典が残っているのである。そこがわかっていないのは思考の不足である。

千年も読まれると自負するのは、読者をないがしろにした思い上がりである。作者はもっと謙虚でないといけない。

〝千年詩集〟が問題になることもなく消えたのは、むしろ喜ぶべきであったかもしれない。

ヘミングウェイの死

いつも顔を合わせている人たちは、会っても、おもしろいことを話さない。当たり障（さわ）りのないことをしゃべる。

大学には研究室とは別に、みんながお茶を飲んだりするコモンルームがある。授業を終えた人がそこで一服、というわけである。黙っているわけにもいかないから、口はきくが、話すことがないから、すこしもおもしろくない。

そんなコモンルームでも、忘れられない話があって、いつまでもつよい印象をのこすこともある。

アメリカの作家、ヘミングウェイが亡くなったときがそうであった。

たまたま、アメリカ文学専攻の教授がいて、その人はヘミングウェイの研究書を出している専門家である。ほかはイギリス文学の勉強をしている人たちだから、専門家の意見を聞くことになった。

ヘミングウェイは病死したのではなかった。アメリカでもはっきりしなかったらしく、事故死であるか、自殺であるか、わからないというニュースであった。

それを受けて日本も、死因につよい関心を示していた。コモンルームでの話も、当然この点に集中した。

イギリス文学を専攻している人間は、なんとなく自殺のような気がしていた。銃の手入れをしていて暴発して死んだということに疑問をいだいた。こどもではないし、手入れをしていた銃の暴発で命を落とすというのは考えにくい。

はっきりしたことはわからぬまま、自殺だったように考えた。

ヘミングウェイ研究者だった人は、つよくそれに反対した。

ヘミングウェイに限って自殺するはずがない。その文体はハードボイルドといわれて、荒々しく男性的である。自殺はあり得ない。事故死だとつよく主張する。聞いていた人たちも、なんとなくそんな気になって別れた。

あとでわかったことだが、この専門家はアメリカのメディアの見方をそっくり受け入れたものだった。アメリカでも、自殺か事故死か、はっきりしないまま、第一報を送ったらしい。

しばらくすると、事故死説は消えるともなく消えて、自殺であったということになった。事故死説の研究者は、黙して語らなかった。

どうして専門家が誤り、シロウトが正しい見方ができたのか。

専門家が近すぎたからである。一部を見て全体を見落としたことになるが、それは個人的誤りというより、インサイダーに近すぎたということである。

ロクに作品を読んだこともないような人たちは、アウトサイダーである。よけいな先入観がなくて、第三者的見方をする。

そして、それが真実に近いということを見せてくれた一例として、おもしろい。

ヘミングウェイ自身どう考えていたかはわからないが、専門家の考えより、一般読者の受け取り方を重視していたのではあるまいか。つまり、アウトサイダーにつよい関心があったと想像される。

そういう見方を裏づけるのではないかと思われるエピソードがある。

若いときでなく、大家（たいか）といわれるようになってからも、書いた原稿をすぐ出版社に渡すようなことはしなかった、という。

原稿が仕上がると、ひとまずそれを銀行の貸金庫へ入れる。しかるべき時期に、それを引き出してきて読み返す。合格となれば、出版社に渡して出版する。

もし、意に満たないようだと、また貸金庫へもどす。こういうことをしていれば、陽の目を見ない原稿が、どんどんふえる。

ヘミングウェイが亡くなったあと、貸金庫の原稿が大きなトランクいっぱい以上あったと伝えられた。

つまり、ヘミングウェイはみずからの手で作品の古典化をはかっていた、ということである。もちろん、歴史によって生まれる古典ほどの時間は経過していない。

しかし、貸金庫で寝かせておけば、おのずから〝風化〟が起こる。好ましい変化であれば、それを出版する。しかし、風化が足りないと思えば、もうすこし時間をかける。

こういうことを意識的におこなったのは、世界的に見ても、あまり例がないだろう。昔、イギリスのジェーン・オースティンは、作品を出版するのにたいへんな苦労をしたと伝えられる。

出版社へ持ち込んでも、返される。仕方がないから、作品に手を入れる。そして、それを出版社へ持ち込む。それも却下される。仕方がないから、持ち帰り、手を入れる。

こういうことをくり返して、やっと出版にこぎつけたのが、オースティンの作品である。作者の手許で風化、古典化がすすめられていたのである。活字になった作品は、初めから古典的風格をそなえていた。

オースティンの小説はイギリスで認められるのに長い時間が必要であった。その真価を本当に認めたのは夏目漱石であったかもしれない。

漱石が英文学に対してアウトサイダーであったことが、イギリス人に先んじて、オースティンの価値を認めさせたことになる。

イギリスでオースティン再評価が起こったのは、漱石の後であった。文学の評価に関しては、アウトサイダーのほうがインサイダーに先行するという一例である。

古典はインサイダーでなくアウトサイダーによって生まれるということは、インサイダー中心の文学の世界では認めることがむずかしいのである。

ヘミングウェイは、意識的に、みずからの手で古典化をすすめていたのかもしれない。もしそうなら、意識的古典化を試みたもっとも早い作者であったとしてよい。

そういうわけで、ヘミングウェイが亡くなったあと、大量の原稿が残った。出版社がほうっておくわけがない。何冊もの作品が相次いで出版された。

名作が生まれるのではないかと考えた向きもすくなくなかったであろうが、ほとんど話題になるものはなかった。

作者みずからによる古典化にもれたものは、他者によっても古典化することはできないのではないかと思われる。

それにしても、原稿を貸金庫に入れて熟すのを待つ、というのは、いかにもアメリカ的である。

「雨ニモマケズ」の裏側

宮沢賢治(みやざわけんじ)の「雨ニモマケズ」ほど広く知られ、愛された詩はなかった。

雨ニモマケズ
風ニモマケズ
雪ニモ夏ノ暑サニモマケヌ
丈夫ナカラダヲモチ
慾(よく)ハナク
決シテ瞋(いか)ラズ
イツモシヅカニワラッテヰ(い)ル
一日ニ玄米四合ト

味噌(みそ)ト少シノ野菜ヲタベ
アラユルコトヲ
ジブンヲカンヂャウニ入レズニ
ヨクミキキシワカリ
ソシテワスレズ
野原ノ松ノ林ノ蔭(かげ)ノ
小サナ萓(かや)ブキノ小屋ニヰテ
東ニ病気ノコドモアレバ
行ッテ看病シテヤリ
西ニツカレタ母アレバ
行ッテソノ稲ノ束ヲ負ヒ
南ニ死ニサウナ人アレバ
行ッテコハガラナクテモイヽトイヒ
北ニケンクヮヤソショウガアレバ

ツマラナイカラヤメロトイヒ
ヒド（デ）リノトキハナミダヲナガシ
サムサノナツハオロオロアルキ
ミンナニデクノボートヨバレ
ホメラレモセズ
クニモサレズ
サウイフモノニ
ワタシハナリタイ

全体がワン・センテンスになっている。それがおもしろいリズムをかもしているのであろう。日ごろ詩歌（しいか）に親しむことのないような人が愛誦（あいしょう）した。

もちろん代表作と思っている人が多いが、発表されたのは作者の没後であった。宮沢賢治は、生前、これを発表しようとしなかったのかもしれない。

詩人の死後、遺品のトランクの中にあった小さな手帳にあったのである。

発表したいと思ったかどうか、後人（こうじん）にわかるわけもないが、発表する気なら、活字にすることのできた賢治である。そうしなかったのはそれなりのワケがあるに違いないが、それを詮索（せんさく）するのは、むなしいことになる。

この詩を書いたのが賢治であることははっきりしているが、詩として公（おおやけ）にしたのは、第三者であったこともはっきりしている。

つまり、この詩を詩としたのは、作者ではなく、遺稿整理にあたった人であることになる。

作者自身の見ていないものを、アウトサイダーが見つけたということである。

ヘミングウェイも没後、トランクいっぱいの未発表原稿をのこしたが、宮沢賢治も、未発表原稿をトランクに入れていたというのがおもしろい。その点で、賢治はいくらか日本人ばなれしていたのかもしれない。

もの好きな人がいて、賢治が生前発表しなかった理由を調べた。そのひとつに、この詩はアメリカの郵便配達をうたったものを模したのだというのがある。

「雨ニモマケズ／風ニモマケズ」は、郵便配達のことを述べているということを明らかにした。

そうであったかもしれないし、そうでなかったかもしれないが、そのために、この詩が傷つくことはすこしもない。むしろ、ふくみを与えられたのかもしれない。

第三者の見方は、作品にプラスにはたらくことがある。古典となるには、そういう第三者の存在が不可欠である。

そして、そういうアウトサイダーは、かなり後になってからでないとあらわれない。作品が不朽（ふきゅう）になるには、ずっと遅れてあらわれる新解釈者が必須である。

多くの作者は、それを知らずに亡くなる。

歴史をつくるのも、アウトサイダーであるということを、われわれはよく理解していないようであるが、アウトサイダーが創造的であることを認めなくてはいけないのである。

4

距離の美学

ウソの富士

バスがいかにものんびりと走っていた。

富士五湖の近くらしい。あるところに来ると木立が切れて、豁然(かつぜん)とした風景になった。

右手に黒いかたまりが見える。

小学生をつれている母親らしい人が、

「ほら、富士山よ」

と教えた。こどもは、

「ちがう、あんなの富士山じゃない！」

と叫ぶ。

まわりを気にしたのであろう、母親が、

「富士山ですよ」

と声をつよめたが、こどもは動じない。

「あんなの、ウソの富士山だ！」

とがんばる。聞いていて笑いをもらした人もあったらしい。母親はいくらか声をはげまして、

「ホントの富士山ですよ、いやな子ね、この子……」

と言って、口をつぐんだ。

少年は富士山を知っている、知っていると思っている。青くかすんだ遠景の富士である。それがホントの富士山だ。

いま、バスから見えるのは巨大な黒のかたまりである。むしろ醜悪（しゅうあく）である。ウソの富士山であるに決まっている。

写真で富士山を知っているのが仇（あだ）になって、ホンモノの富士山を否定する、というのは、この少年だけのことではない。先入観があると本当のことが見えなくなってしまうのは、人間の宿命のようなものかもしれない。

知識の豊富な人間が、間違った考えに迷いこむのは、先入観に目をくらまされているからである。知らなければいいのである。

実際から遊離した知識は色メガネのようなもので、実際を見るのに、ときとして、妨げになる。

先の少年にしても、なまじ富士山の写真を見たことがなければ、言われるままに黒い山を富士山だと認めたであろう。先入観があったから、ホンモノを認めることができなかったのである。

一般に、ものの形、姿などは、見るものの距離によって変化する。近いものほどよくわかるけれども、多少うるさい感じである。

山にしても、ふもとに立って山頂を見ると、全体像は見えないで、間近のものが全体を見るのを邪魔する。

すこしはなれて見ると、山が山の形をしていることがわかる。細かいところはわからないが、ふもとにいてはわからなかった稜線がはっきりする。

その代わり、いくらか色が変わる。青々していた木々も、黒っぽくかすむように思われる。

さらに遠くから望むと、色は青くなり、こまかいところはその青に吸い込まれるのであろうか、美しく青くかすむのである。

バスの少年の知っていた富士は、この青くかすむ富士だったのである。遠景の富士山だった。間近に望まれる黒いかたまりと同一の山であると認めることはできない。正直なのである。

美しさの条件

世界遺産ということがいわれるようになってから、まだそれほどたっていない。日本はむしろ、遅れていたようである。

しかし日本の歴史的価値のある、土地、建物などをよく保存し、外国の人を呼び寄せようという考えが急速に高まっている。

白川郷や日光、小笠原諸島などのあとで、遅ればせに世界遺産に登録された富士山。日本一の名山である。当然、すんなり登録されると思っていたところ、意外にもそうはならず、日本人を驚かせた。

世界遺産の審査をするのは、ユネスコ（国連教育科学文化機関）の諮問機関、イコモス（国際記念物遺跡会議）である。

イコモスは、富士山だけなら適格であるが、何十キロも離れた三保松原を「富士山の構成資産」にふくめているのはおかしい、対象から除外せよと言ってきたのである。いかにもお役所的である。文化とか歴史のわからないお役所のすることである。不当である。

富士山を世界遺産にしようという人たちは、イコモスの判断に服さなかった。富士山の価値は、富士山だけでなく周辺をふくめている。ことに三保松原からの富士がもっとも美しい。それを除外することはできないと主張した。

イコモスは柔軟なお役所であるようで、日本側の主張を容れて再選考をして、富士山を世界遺産に認めた。

富士山はそれ自体が美しい。人々はぼんやりそう思っているが、山そのもの、山だけが美しいのではないことをなぜか考えない。

はなれて遠くから眺(なが)めるとき、富士山はもっとも美しいのである。

三保松原はそういう条件を満たしているから、古来、三保松原が富士の一部のようになっているのである。事情のわからぬ者が誤解するのはやむを得ない。

遠くより眺むればこそ白妙(しろたえ)の富士も富士なり筑波嶺(つくばね)もまた

という古歌は、美を認めるには距離が必要であることがわかっていたことを示すものである。

つまり、麗峰は、はなれて見たときのものであり、山そのものが美しいのとはすこし違うのである。

そうかといってひどく遠くからでは、美しいことがわからない。適当に遠くにあるとき、山だけでなくすべてが美しくなるのは、おもしろい自然の摂理(せつり)なのであろうか。

従僕（じゅうぼく）に英雄なし

というのは西欧で生まれたことばらしいが、やはり距離の美学をあらわしている。世の中でりっぱな人物であると評されていても、その身のまわりで世話をしている従僕には、欠点の多いただの人のように見える。間近の名山が美しくないのに通じるところがある。

こまかい目障（めざわ）りなものの見えない距離からすると、遠山が青くかすんで美しいのと同じように美しくなる。

近接すると、おもしろくないところがあらわになり、好ましいと思われない。そういうところが、目に入らないくらいはなれると、ものは色を変えて、醜（みにく）いところがかすんで、美しく見える。

富士山のふもと、一合目や二合目からでは山頂を見ることもできない。全体が目に入るには、はっきりした距離が必要である。

間近な富士山を認めず、〝ウソの富士だ〟と叫んだ少年も、美学的にすぐれていたのである。

傍聴席

Yさんは中堅企業の中堅社員で、敏腕だという評が高い。

そのYさんが、どういうわけか、裁判好きである。仕事が忙しいのに、傍聴券を手に入れて、ときには年休をとって傍聴に行く。世の中には同好の人がすくなくないらしく、傍聴券を手に入れるのもたいへんらしい。

Yさんには芝居を見る趣味はなく、招待されても喜ばない。できれば断るくらいなのに、裁判はおもしろい。芝居よりずっと緊張感がある。帰ると、なんともいえない清涼感のようなものを感じる。生き甲斐になると、Yさんは思っていた。

ところが、思いがけないことが起こった。

一般人を裁判員として、裁判に加わらせるというのである。まったく法律の知識がなくてもいいのである。ランダム方式で選出するという。さぞやYさん、喜んでいるだろうと想像していると、あれはまっぴらだと言っているらしい。

ところが、どうした偶然か、Yさんが裁判員に選ばれてしまったのである。ショックを受けたYさんは、断る口実を考えたが、うまい口実もなく、とうとう引き受けることにしたという。

よほどおもしろくなかったのであろう。傍聴するのもいやになったのか、さっぱり出かけなくなったという。まわりの人が不思議がったらしいが、Yさんとしては、すこしも不思議ではないのである。

Yさんのおもしろがっていたのは、傍聴であって、裁判そのものではなかったのである。

傍聴は局外者のすることで、裁判そのものにはかかわりがない。だが、裁判員は当事者である。傍聴には責任がないが、裁判員には責任がある。責任のあることが、おもしろかったりするはずはない。

傍聴が大好きだからといって、裁判員になって裁判に加わるなどとなったら、たいへんである。まっぴら御免となるのである。

裁判がおもしろいというのは、昔から知られていたことである。イギリスの十七世紀に新聞が出たころ、読者を喜ばせるニュースを集めることができないで苦労した。そして、全ページを裁判の傍聴記で埋めた新聞が出て、好評であったという。

傍聴は第三者の視点に立っているが、傍聴記事はさらにその外側、いわば第四者的立場をとることができる。おもしろくなるわけである。

被告にとって、裁判はすこしもおもしろくない。むしろ、おそろしいものである。被告を告発する検事も、裁判においては当事者である。判事も同じく当事者であるが、被告から離れており、検察からも独立しているから第三者的であるといってよい。

さらに、被告をまもる弁護士が法廷において被告を弁護する。やはり第三者的であるが、当事者であるといってよい。

これらの当事者にとって、裁判は深刻、重大な問題であって、おもしろがったりする余地はまったくない。

それが一変するのは、傍聴席である。当事者にとって身を切られるようにつらいことも、非当事者にとっては、興味ある事柄になるのである。

無責任といってはいけないかもしれない。直接、自分にかかわりがないと、ものごとはその色合いを大きく反転させるのである。

世界が変わる転換点

インサイダーにとってマイナスであることも、アウトサイダーにとってはプラスになることが、人間の世界を複雑にしている。

インサイダーすなわち当事者と、アウトサイダーすなわち第三者の立場を区切る転換点、転換線というものがあるようで、それを越えると、ものごとは、大きくその意味を転換させるようである。

切実でつらい思いをすることも、この転換点（線）を越えると、大きく変化する。事件をとり調べる裁判そのものは、おもしろいことはまずないといってよい。関係者はそれぞれ苦しんだり、悩んだりする。

しかし、仕切りをへだてた傍聴席は別の世界である。法廷においては深刻な問題も、傍聴席では興味深い、ときにはおもしろい問題に化けるのである。

裁判をおもしろがるのは、かならずしも不謹慎ではない。

ものごとの真相というものは、普通に考えられているように、はっきり、しっかりしていない。見る人によって、大きく変化する。

しかし、人間には、立場によって判断が逆転する地点があるということを知らないために、混乱するのである。

被告の主張する事実は、しばしば虚偽（きょぎ）を含んでいるから、原告にはそのまま受け入れがたいことが多い。原告の立場に近いところで検察の判断が下されるが、それも、完全に公正であるとは考えにくいことがある。

弁護士の主張はまた、別の利害に影響されて相対的である。判事はそれらを超越する立場から自らの判断を下すのであるが、完全に公正などということは保証されない。当事者的であるのをまぬかれない。

それが反省され、まったく関係のない人間の常識的判断をとり入れようというのが、裁判員制度を生み出したのであろう。

裁判員は事件の局外者ではあるが、法的に意見を述べるということで、当事者の末端に連なり、アウトサイダーの立場は失われる。傍聴はおもしろいと思う人が、裁判員になれと言われて、恐怖に近いものを感ずるのはむしろ当然である。

傍聴は完全にアウトサイダーであるがために、おもしろいのである。おもしろくないことでも、アウトサイダーから見れば、おもしろくなる。

人間はつねに退屈(たいくつ)しているから、つねにおもしろいことを求める。

おもしろいものが転がっているわけではない。おもしろくないことでも局外者として眺めると、おもしろくなる。

そういうことをもっともはっきりさせるのが、裁判である。

ふるさとは遠きにありて

他人(ひと)のことを知りたいという気持ちは、知られる側の人にとってはありがたくない。なるべく、知られないようにする。

ことに社会的に影響力をもつような人は、自分のことが心なき人たちの食いものになるのを怖れて、個人情報保護の法律ができたりする。

個人情報が保護されればされるほど、おもしろくないことが起こる。現にその傾向があらわれつつある。

プライバシーを食って栄えてきたもののひとつに、小説がある。ゴシップ文芸がある。生（なま）の話では差し障（さわ）りが出る。架空（かくう）のこととすれば、差し障りはない。私小説のもっている興味は、他人あての手紙をのぞくのに似ていなくもない。退屈な人生が、第三者の視点から見れば、けっこうおもしろいのである。のぞきのおもしろさである。

日本人はよほどプライバシーが気になるのであろう。それで、おもしろいと思うのかもしれない。

外国の真似（まね）をして小説を書き出したが、本格的小説を生むことができないでいるうちに、身の上話、貧乏物語が喜ばれるのを見て、私小説、第一人称小説なるものを創り出した。読者がそれを喜んだから、たちまち小説の本道のようになったが、読者のプライバシー好みに応えたものであった。

私ごとを表現にするには、対象から距離をおく必要があるが、私小説家にその覚悟のあることはすくないから、私小説は、小説にはならない。それでも読者はゴシップ趣味を満足させられるから、芸術作品のように勘違いする。

　戦争に負けて自信を失った日本人は、自分に対する自信も失った。つまらぬ泣きごとをありがたがるのが愚かであることを、すこしずつ学んだ。

　私小説は消えるともなく消えた。自己認識の甘かったことを思い知らされて、文学青年もすくなくなった。

　つまり、われわれはゴシップ的人間興味はつよいが、はっきり人間を対象化して、それを描くということにはなりにくい。

　もともと、日本には大きな人間的関心が充分に育っていなかったようである。同じところに何世代もいっしょに住んでいれば、〝隣は何をする人ぞ〟という意識が生じないのは当然である。

　自分ひとりの〝私〟というものがはっきりしていないから、〝われわれ〟が、〝私〟の代わりに使われるのである。

　昔から、伝記というものにすぐれた作品がすくないのは、むしろ当然である。伝記には、伝記的距離が必要であって、いっしょに暮らしている息子が、親の伝記を書こうとするのは正常ではない。

息子でなくても、親しい友人が、伝記を書くというのも妥当でない。社長の伝記を専務などが書くというのは、相当な間抜けでもしないが、生前、毎晩のように酒を汲み交わしていたような親友が、伝記を試みるのも賢明ではない。近すぎて、全体がよくわからないからである。

プライバシーがおもしろいのは、他人のプライバシーにかぎる。自分のプライバシー、家族のプライバシーが人目にさらされたりしてはコトである。法律で保護しようということになる。

文学とか伝記は、いわば治外法権である。マスコミも特権的に考えたりして、トラブルを起こす。

なにしろ、プライバシーは、おもしろいことのカタマリである。ただ、それは、他人のことで、自分のプライバシーがさらされて笑っていられるのは、異常である。

いい換えれば、おもしろさは、距離の生ずる錯覚であるということになる。

近くではいやなことが、遠くになると、おもしろくなるのである。

プライバシーの美学は、デタッチメント（無関心）、心理的距離に比例する。自分のプライバシーの多くは不愉快であるが、縁もゆかりもない人のプライバシーはつねに、おもしろい。

どんなつまらない土地でも、離れて遠くで憶えば、〝なつかしい〟ところになる。あわて者が、ふるさとはどんなにすばらしいだろう、などと思って帰郷すれば、幻滅は必定（ひつじょう）である。〝ふるさとは遠きにありて思ふもの〟である。

よそのことば

昔のこどもは外国ということばを知らなかった。外国語ということばがあるというのも知らなかった。戦前のことである。

ラジオが夕方になると、英語のニュース「カレント・トピックス」を放送したが、聴く人はほとんどいなかった。英語というものがあるということすらわからなかった。

中学校（旧制）へ入ると、一年生から英語の授業があったが、それが外国語のひとつであることを生徒ははっきりと理解しなかった。日本人のくせに、先生が不気味な音を出し、真似るように言うのには、かなり抵抗を感じるのが普通である。

そういう英語がだんだんおもしろくなったのが、おもしろかった。

同じことばでも、国語と英語ではまるで違っている。生まれたときから、聞き、話している国語というものの自覚ははっきりしないが、すこし気味の悪いところのある英語がだんだんおもしろくなっていくのである。

そして、気がついてみると、英語のほうが上等なことばのような錯覚にとらわれる。

戦前のこどもがすべてそうであったわけではない。都会には外国語というものをぼんやりながら理解したこども、若い人がいたかもしれない。しかし、それは例外的であった。

大部分のこども、こどもだけでなく大人も、外国語をよくわからないまま高級であるように感じていた。

アメリカ、イギリスを敵にして戦争をするというとんでもないことになって、英語好き、国語より好きだと思っていた日本人はひどい痛手を受けた。外国嫌いの連中が「鬼畜米英」「スパイのことば、英語」などと呼ぶのを、いくらか口惜しい思いで耐えなくてはならなかった。

英語が好きだった日本人は、日本が戦争に負けたことを複雑な気持ちで受けとめた。戦争はやる以上、やはり勝たなくてはならない。それを負けたのだから、口惜しくないわけがない。しかし、これまで白い目で見られていた英語を、遠慮なく学ぶことができるのは愉快である、と喜ぶ者があらわれたのは当然である。

それより、英語を目の仇にしていた連中が「これからは英語ですね」などと言って、日本語をこわしかけたのは醜態であった。

こういう手合いが、いわゆる文化人に多かったのは皮肉である。つまり、文化人というのがしっかりしたものの考え方ができなかったのである。

戦後、すこし世の中が落ちついて、いくらかゆとりが出てくると、外国への思いがはっきりする。草深き土地のこども、とくに子女が、外国へのあこがれをはっきりさせるようになった。

先々のことを考えたら不安がいっぱいであるのに、外国の勉強を志す。親たちはロクに英語を知らない農家なのに、そのこどもが大学でフランス文学を勉強したいと言う。それについて深い考えをもつ大人たちがすくない。

地方のこども、若者のほうが、都市のこどもよりつよく外国にひかれるのは、つまり、外国が遠い存在だからである。

遠きものは近きものより、美しく、価値があるように思われるのは、人間の〝業〟のようなものかもしれない。

外国文学研究者は地方出身が多いようであるが、遠くにはなれている外国を実感するのは、自然なのであろうと思われる。

外国語が国語よりおもしろいように思われるのは、距離の錯覚によるといってもよいであろう。

足もとにころがっている小石は、ただの小石であるが、遠くの名山の石は、他山（たざん）の石として価値をもっている。

日本語には敬語というものがある。よその国だってないわけではないが、おざなりで、文化的洗練を受けた敬語法は考えることができない。

国文科で国語を教える教師が外国語にかぶれたのか、国語を破壊しようとする。勝手なことをしゃべるから、学生が誤解する。

「私は尊敬しない人に、敬語をつかいたくありません。外国語には敬語がない、と先生も言っています」

などといった珍妙なことを口走るのが出てくることになる。

敬語は、相手を尊敬するから使うのではない。ことばのコミュニケーションは、うっかりすると摩擦（まさつ）を生ずる。相手を傷つけるおそれがある。

そういうことがないように、ことばにマフラーをつけるのが敬語である。大人の心がけである。

こども同士のことばには敬語がない。ごく親しい人のあいだでも、敬語はすくないのである。

外国語がおもしろいということに酔っていては、そういう微妙なところがおろそかになるのは是非(ぜひ)もない。戦後の日本語が、おもしろくなくなったのは、美しくなくなったのは、生半可(なまはんか)な外国語の知識のせいであるといってもよいように思われる。

外国語が母国語以上におもしろく、価値があるように感じられるのは、遠くの、よそのことばだからである。

近くのものより遠くのものが、おもしろく、心をひかれるのは、人間のもって生まれた本能のひとつであるように思われる。

国内にある外国

戦争がはじまる前、昭和十年代に、イギリスやアメリカのことを悪く言うのが、知識人であった。英語を目の仇にし、英語教育を攻撃して、女学校の英語を廃止するということをやってのけた。すこし学のある連中は、外国文学を敵視した。

当時、東京の帝国大学文学部には、英文学が二講座、独、仏文学がそれぞれ一講座あったのに対して、国文学は一講座半しかない。

「外国文学が四講座もあるのに、何たることか」

そう言って、一般の関心をあおった学者たちがいたらしい。

そういう人たちは、日本の大学が日本人によりつくられたものと思っていたのだろうが、そうではなかった。

日本の帝国大学は、ドイツの大学を真似てつくられた。ドイツにとって、英文学は自国の文学以上の価値をもっていると考えられていた。日本の帝国大学でも、自国の文学より外国文学の講座が多かったのは何の不思議もなかった。

それだけではない、学問研究や外国の文化を学ぶほうがおもしろいという感覚も反映していたのである。

英語の研究、英語学では、ドイツの大学はイギリスの大学を凌駕（りょうが）してしまった。イギリスの大学で英語学の教授になるには、ドイツの大学へ留学する必要があったのである。

どうして、ドイツの英語研究がイギリス以上に進んだのか、というと、英語が外国語だからである。外国語が母国語よりもおもしろいのは、なにもドイツに限ったことではない。

アウトサイダーがインサイダーよりおもしろいのは、ドイツだけのことではない。外来語は母国語よりおもしろいから広まる。

戦後、東京の大学の外国文学科へ入った農村の家庭の子女は、衣食足っての礼節としてではなく、外国をあこがれた。

国文学など退屈であると思っているから、外国へ行ってみたい。ひとりではこわいから、仲間をつくって、外国へくり出した。

なるほど外国は外国である。そういって感心している人ばかりではなかった。なんだ、こんなことならわざわざ外国まで来ることもなかったという発見をする人もすくなくなかった。

ある広告代理会社が、外国へ行った人には日本のよさ、美しさがわかる、国内でおもしろいところを旅行するのは、新しい発見になる、ということに目をつけて、国内旅行の企画を立て、国鉄の「ディスカバー・ジャパン」のキャンペーンは大成功した。

つまり、遠いところがおもしろいのである。知らないところは遠いところに通じるというのである。

日本の国内にも〝外国〟がいくらでもあるというのは発見であった。よくわからないところがおもしろい。外国はまったくわからないから、国内よりおもしろいのである。

テレビが世界のことを茶の間にはこんでくるようになって、外国はいくらか、魅力を失っているかもしれない。知らぬが花。知ったらおしまい。

世界はだんだん小さくなり、かつてほどおもしろくなくなろうとしているのかもしれない。

5 インサイダー国家

同質社会

「この契約には、海賊出版の防止についての条項がない。日本は海賊出版が横行している国として広く知られている。それを避けるための具体的条文がない。このままでは、サインできない……」

早口の英語でまくし立てる。彼女はアメリカの財閥（ざいばつ）から日本のR大学へ派遣されている理事であった。

女史は、だれかにそそのかされたのであろう。日本で本を出すことになり、当時、私のつとめていたK社が、その出版を押しつけられたのである。

英語のわかる社員がみんな尻込みして、若僧だった私にお鉢（はち）がまわってきた。もちろん、相手がうるさ型の猛者（もさ）であることなどつゆ知らず、R大学の理事室へ、出版契約書の草案を持参した。

それに目を通した女史が、初めに書いたようなことをまくし立てたのである。彼女は、「うちの父は法律家だが、つねづね、すこしでも疑問のある契約には決してサインするな、と言っていた。この契約にも疑問があるから、サインはできない」

などと言う。戦後、まだ日本が独立していないときのことである。日本を属国のように見ているらしい、ことば、態度が不快であった。

「なにをホザクか、このヤンキー」

といった乱暴な気持ちになって、女史に反撃するハラを決めた。

「あなたは誤解している。海賊出版を喜ぶような出版社は、日本にだって存在しない。海賊出版に対して、著者と出版社は利害が共通しているのである。出版契約書に、出版社が海賊出版を予防することを著者とのあいだで規定するのは合理的でない。そういう条項を入れなくてはならないのなら、この出版は引き受けなくてもいい」

と言ってしまった。

もちろん、そんな権限を与えられて来ているわけではない。ことによっては会社を辞めなくてはならなくなるかもしれない、という思いが頭をよぎったが、そうなったらそのときのことだという気持ちだった。

しばらく黙っていた女史が、顔つきを和らげて口をひらいた。

「海賊出版については キミの言うとおりだ。私の誤解があった」

そう言うと、さっささとサインした。

こちらは、たどたどしい英語でアメリカ人と渡り合って、勝ったように思って、いい気分であった。

そういう気持ちになって考えると、この婦人、悪い人ではなさそうだ、さっぱりしていていい。日本人では、こうはいかないだろう。

そんなふうに考えて、アメリカ人にいくらか好意をもつようになった。

しばらくすると、クリスマス・パーティーの案内状がきた。「キミの愉快な意見を聞きたい」と肉筆の添え書きがしてある。いいおばさんだと思うようになる。

一年ほどしたとき、R大学の日本人男性理事に会う機会があった。その人が、

「あなたは、猛者女史をやっつけたそうじゃありませんか。われわれは、いつも首をすくめて怖れているので、夢のような話です」

などと言う。かの女史がしゃべったのであろうか、自分の恥になることをジョークのようにするところが、いかにもおもしろかった。日本人にはちょっとできないことである。

女史はあのときのやりとりで、私をアウトサイダーと見直し、おもしろいと思っていたのかもしれない。

日本が海賊出版大国であるといわれるのは、決して根拠のないことではない。もともと日本には、他人の書いたものを無断で写すのは不法である、という考え方がなかった。他人の書いたものでも公表されれば、どのように借用しても法的に不可ということにはならない。そういう法律もなかった。

明治になって、外国の文物（ぶんぶつ）を輸入することになったときも、著作権法など気にする者はなかった。

外国に強要されたのであろう。早々とベルヌ条約（万国著作権保護同盟条約）には加盟していたが、著作権がなんであるか理解する者はすくなかった。理解することのできる出版関係者も、知らぬ顔をして版権無視の本を出して、怪しむところがなかった。

戦後、アメリカを中心に、日本の不法出版にきびしい目が向けられたが、なお著作権の何たるかを知らない識者が多かった。

N氏は日本文芸家協会の会長だったが、他人の著書から無断引用をして、問題を起こした。N氏は「著作権法というものをよく知らなかった」と弁明。それが認められたのか、この問題はそのまま立ち消えになったのである。

N氏を非難する声はなかったといってよい。同じような考えの人が大勢を占めていた、と見られても仕方がない。

つまり、文化、文芸、思想において、インサイダーとアウトサイダーの区別がはっきりしていない同質社会であることを露呈(ろてい)しているのだが、そこへ思い及ぶ人がすくなかったために、知らぬ間に海賊出版大国になっていたという次第である。

模倣と伝統

大学入試の英語の問題はイギリス、アメリカの本から引用した文章であるが、もとはまったく出典が示されなかった。これは著作権法に抵触するというので、筆者名を出すようになったが、なお不徹底である。

国語の入試問題は日本の本から選ばれるが、これも戦後ずっと、筆者名が出なかった。コピーライトがやかましくいわれるようになって、ようやく筆者名が文末に出るようになった。

それはいいが、出題について、筆者の承諾を求めるのが、試験からだいぶたってからである。入試ということの性質上、事前の許諾を得ることができないと断り書きがついて、何ヵ月もたってから通知される。

それはまあ仕方ないにしても、ときに、原文の一部を改変した、などと言ってくることがある。

明らかに著作権法違反であるが、大学の教師たちはノンキで、いつまでも改まらない。筆者のほうも、べつにそれを問題にしないのは、著作権というものを知らないからである。海賊出版大国の教員であることを自ら示しているようなものである。

そういう大学である。教員の書く論文に、外国の研究書からの無断引用がかなり多くあるようで、大家（たいか）といわれる人の書いた原稿にも剽窃（ひょうせつ）がある。国恥（こくち）であるが、お互いさまというので問題にされることがない。

日本語のわかる外国研究者がすくないため、明治以来、どれくらい剽窃論文があったかわからないが、人工知能が発達して、無断引用、剽窃が明らかにされるようになったら、たいへんなことになる。

悪質模倣（もほう）は日本文化の恥部である。先進諸外国に負けない論文が、これまでの日本にきわめてすくなかったのは当然といってよいだろう。

模倣、盗作、剽窃などはインサイダー世界において起こり、流通する。アウトサイダーはそういう共有を認めない。新しい言説に対しては、専有権を認めるのがアウトサイダーである。

人の真似(まね)をしたものはおもしろくないが、オリジナルなアウトサイダーの表現、思考はおもしろい発見になることがすくなくない。

日本の思想、文化がオリジナリティに欠けて、形式的でおもしろくないのは、インサイダーによって支配されているからである。

そういう社会では、アウトサイダーになることは危険であるから、わけもわからず、他者を模倣することになる。それを伝統的であると考えるのが常識になる。

アウトサイダーの価値が認められるには、ある程度の洗練(ソフィスティケーション)が必要である。

昔、著作権を認めたところはどこにもなかった。みんなインサイダーで、伝統的な製作をしていた。作者の名前のないのが普通である。近い例では、ことわざがそうである。ことわざには作者名がない。

しかし、金言、名言は個人的で、インサイダー的であり、同時にアウトサイダー的である。ことわざが、未分の社会においてアウトサイダーの見識をもった人たちによってつくられたのと対照的である。

一枚上手（うわて）の非常識

今年（二〇一六年）を振り返って、いちばん大きな話題だったのは、アメリカの次期大統領選挙であった、といってよい。その結果も注目された。よその国の大統領選挙であるが、国内の大小の選挙でこんなに注目されたことはなかったのではないかと思われる。

民主党候補ヒラリー・クリントン氏は米元大統領夫人、ファーストレディで、みずからも国務長官として活躍した世界的存在であった。

対する共和党の候補はドナルド・トランプ氏。不動産王といわれる実業家ではあるが、政治家としての実績は皆無（かいむ）である。どうして候補者になれたのか、アメリカでも不思議に思う人がかなりあったようで、マスコミも、初めからクリントン優勢を伝えた。

日本はアメリカのマスコミが伝えるところを伝えるばかりであったが、日本人はアメリカの有権者そこのけのつよい関心を示した。外国の大きなイベントや事件は、本国以上におもしろいのである。

アメリカ人が熱狂する選挙であるが、日本人はアウトサイダーだから、アメリカ国内のインサイダーとは違う興味をもったのである。

そして、クリントンとトランプのあいだにも、インサイダーとアウトサイダーの対立関係があったのである。

もちろん、インサイダーはクリントン。知名度もトランプの比ではない。

アウトサイダーのトランプは考えた。

早急に知名度を上げなければ、勝負にならない。まっとうなことをしたのでは知名度を上げることができない、というので、非常識な手段をとった。

暴言をつぎつぎ吐(は)いて、物議をかもしたのである。マスコミは放ってはおけないと、連日、トランプ批判を報ずる。

そうしているうちに、悪名が高まった。悪名だって知名度のうち、である。

トランプはアウトサイダーだから、非常識な方法で、カネなど使わずに、知名度を上げることに成功した。そこまで見抜けなかった報道は、それとも気づかずに、トランプを応援していたことになる。

トランプのほうが、一枚上手（うわて）だったのである。

トランプの偽悪（ぎあく）作戦はアウトサイダーとして正攻法であったといってよいが、思わぬ副産物をもたらした。

それまで大統領選挙にはっきりした関心をもたない、もっても不安定であった無党派層が、雪崩（なだれ）を打ってアウトサイダーに接近したのである。

主流と反主流のあいだで沈黙していた中間層、傍観者的有権者が〝乱暴な〟アウトサイダーがおもしろそうだというので、トランプ支持に変わり、アウトサイダーを優位に立たせた。インサイダー視点に立っていたマスコミ報道がそれを見落としたのは是非（ぜひ）もない。

トランプはアウトサイダー・アプローチによって、ひそかにインサイダーを突き崩したのである。

よほどのことがないかぎり、アウトサイダーの力はインサイダーの力とは大きな差がある。両者のあいだで、いわば眠っている中間層、傍観者層が、目をさましてどちらにつくかで勝負は決まるのである。

トランプ対クリントンの攻防において、クリントンは主流意識におちいり、むしろ退屈な勢力になりつつあった一方で、トランプ側は、傍観者的中間層を引きつけて、主勢力にのし上がっていったのである。

主流支援の報道、評論がそれを見落としたのはむしろ当然で、結果は誤報に近いものであったとしてよいであろう。

選挙においては、流動的な中間層、支持政党なしの無党派層がきわめて大きな力をもっている。関心の低い人たちであるように決めつけるのは、古い考えである。

もっともするどい意識をもった、ことに若い人たちは、アウトサイダーあるいはインサイダーになって自分をしばるより、場外に立って、両者の抗争を傍観し、おもしろそうなほうに加担する。高度の活動である。

ただ、充分に成熟していない社会でないと、こういう傍観者的アウトサイダーは存在できない。アメリカにはそういう第三者的有権者が存在して、政権交代を可能にしたのである。

村人と選挙

アメリカにくらべて、日本は真似てはじめた選挙デモクラシーである。選挙が婉曲なケンカであることができず、ケンカそのものに近づいてしまうことが多い。

無党派層にしても、キャスティングボート、つまり決定力をもっているという自信がないから、ただのサボタージュ、知的怠惰に近くなっている。

選挙自体が多少、うさん臭さをともなっているのは、日本の選挙文化が低いからである。デモクラシーは選挙を土台としているのであるから、選挙をもっと大切にしなければいけない。

すぐれた人材が選挙に出て、政治家としての力を発揮する道筋がはっきりすれば、もっとたくさんのすぐれた人材が政治家になるであろう。いまは、道なかばである。すくなくとも、日本においてはそうだ。実力のある人は、政治家などにならない、というのは政治的に未熟な社会である。

もうひとつ、見落としてはいけないことがある。小さな集団、社会では、選挙は有効に作用しない。

極端な例だが、小学校で級長を選挙で選ぶことがかつてはさかんにおこなわれた。こどもたちは途方にくれて、〝先生の目〟によって、勉強ができる、いい子を級長に選んだ。そして、いやな思いをした。

クラスのような小グループで、お互いがよくわかっているとき、選挙は不要である。自治会の班長を選挙で選ぶところがないのも小グループだからである。市町村単位になると、かろうじて選挙らしいものが可能になる。

知事になると、選挙がものをいう。候補者を直接知っている人が限られているから、一般の人の人気投票がものをいう。そして、それなりに選挙がおもしろくなる。

投票者の大部分がアウトサイダーである。候補者のことがよくわからない。だからこそ、選挙がおもしろくなるのである。

正しい選挙というものがあるのかどうか考えたこともない人たちによって、当選、落選が決まるのは、考えてみるとおそろしいことのようである。

日本は、昔から社会構造が弱く、規模も小さかった。村の人の顔と名前をみな知っているところで、選挙など必要がないのは、小学校で級長を選挙する必要がないのと同じである。

国全体が、村の集会みたいなところがいまなお残っている日本で、選挙が文化になることはむずかしい。人の移動が多い流動的な社会では有効にはたらく選挙が、あまりよい結果をもたらしてこなかったのは、致し方ないことかもしれない。

選挙は、しかし、おもしろいものである。インサイダーよりもアウトサイダーにとって、よりいっそうおもしろい。

アメリカの大統領選挙を、アメリカ人以上におもしろく思った日本人がいるようだが、日本人のほうがアメリカ人よりアウトサイダーであったからで、日本人の良識などの問題ではない。

お祭りは、近所より遠くのほうがおもしろいのは、遠いからである。隣のお祭りでは張り合いに欠ける。

お祭りは、アウトサイダーによって、お祭りらしくなる。

よそ者がくわしい

会合の知らせがある。

「何日、何時」というのは問題ないときでも、「ところ」が厄介。行ったことのないところだと当惑する。たいてい、ちょっとした案内がついているが、初めての人間にはまるで役に立たない。

なんとかなるだろうと出掛けるが、すんなり会場にたどりつくのは運のよいときである。

さんざん迷って、やっと会場をつきとめると、不思議なよろこびのようなものを感じるが、それだけで疲れるのであろう、肝心(かんじん)な会合はあまりおもしろくない。

新しいところの案内を、その土地の人、その店の人などが書くことが間違っている。住みなれたところをよその人に案内するのは、たいへんむずかしい、ということを知る人がすくない。

知らない土地の案内は、よその人にしてもらうのが賢明である。そういう案内なら、初めての人にも役に立つ。長く住んでいる人には、こういうことはできない。

地理とか地図が役に立つのは、アウトサイダーにとってである。インサイダーはアウトサイダーと違って、風景を目で見て判断している。インサイダーには地理、地図などがなくてもよくわかっているのである。

インサイダーは自己のいるところがすべてになって、よそのことは知らない、関心もないのが普通である。そういうインサイダーが、地図をつくり、地理を語るのは不合理である。

そういうことを考える人がすくないために、この世は複雑で、不可解なものになっているのかもしれない。

インサイダーがアウトサイダーの立場に立つことは容易ではないから、知識によって、それを実現する。

つまり、インサイダーは地理をつくり、地図をつくることができないから、地理学というものによって、アウトサイダーの見方を身につける。

小学校の社会科にも地理的分野がある。アウトサイダー視点を教えるもので、高度の知的活動を要するはずである。だが、アウトサイダーとかインサイダーとかいう意識をもっていない年齢のこどもにとっては、ただの知識に終わることが多い。

地理の勉強がのちのち人生の役に立つ、ということに気づく人がほとんどいないために、地理は人文系なのか、自然科学系なのか、はっきりしないいままで、地理的知識の文化的価値は知られないままである。

地理はアウトサイダーによってつくられ、アウトサイダーの視点と思考をあらわすものであることを、一度も考えることなく生きる知識人がおびただしい。現代の不幸のひとつである。

ずっと以前のことになるが、転居したことがある。知り合いに転居の知らせを出した。大通りからすこし中へ入ったところだから、うまく説明できない。「二本目の道路を左折、学校と公園のあいだを抜けて、二つ目の信号を左折、二軒目」といった案内をつくった。自分では、これでよくわかる、と思った。

初めて訪ねてくる人にはわからなかったらしく、迷った人が、電話をかけてくる。ケイタイ電話のないころだから、公衆電話を探して、そこからかけてくる。「迷った」と言うのである。

本人がどこから電話をかけているかわからないから、教えようがない。「あなたはいまどこにいますか」とトンチンカンなことを聞く。そんなことがわかるくらいなら迷子にならないのだから、まるで話にならない。

あとで考えると、相手の立場がわかっていないから混乱するのだということがぼんやりながらわかるが、主観を客観に移すのはたいへんむずかしい。

若い女性二人が、東北から初めて東京へ遊びにきた。わけもわからず、あちこちを見てまわった。浅草へ来た。目指すところがあったのだが、どうしてもわからない。

通りがかりの人に聞く。たいていは、知らない、と言う。都会の人は不親切で冷たい、と二人は思い、東京見物をしにきたことを後悔しかけたそうである。

近所の人らしい人に道をたずねていると、外国人女性がのぞきこんで、「それはあそこを曲がった先です」ときれいな日本語で教えてくれた。

東北の女性たちはすっかり感心。どうして、外国人のほうが浅草のことをよく知っているのか、不思議がったそうである。

よくはわからないが、外国人はよそ者だから、土地の人、近くの人以上に地理にくわしいのであろう。

近所の人は土地を知っているつもりでいるが、よくはわかってはいない。すくなくとも、よその人に教えられるほどにはよくわかっていない。逆に、よその人は、よく注意するから、こまかいこともわかる。

土地の人には、その土地の地理が本当にはわかっていないことが多い。知っているつもりでいるが、地理はわからない。地理はアウトサイダー、よその人に分がある。地理は遠くの人のためにあるのである。その土地に住む人にとって、自分の住むところの地理や地図は不要である。必要ないと思っているのである。

日本にはながいあいだ、地図というものがなかった。全国的な地図ができたのは、江戸時代、天文学を学んだ伊能忠敬のおかげである。初めて日本をアウトサイダーとしてとらえたのである。

島国の人間は、なかなかアウトサイダーの意識をもちにくい。ものごとを客観的に見たり、考えたりすることが、上手でない。ものを外から見る客観性に欠けるのは是非もない。

科学が発達しなかったのも偶然ではない。自己中心的、主観的であるのがインサイダーの特色であるといってよいであろう。

歴史は大切にされるが、地理はほとんど問題にならない。歴史はおもしろいが、地理はなにか冷たい感じがする。それがインサイダーの気持ちである。
アウトサイダーのおもしろさに気づくのは容易ではない。

6

乱談・放談の知力

ムダ口は薬

年をとると、だんだんおもしろいことがなくなり、退屈することが多くなる。人と話をしてわれを忘れるというようなこともなくなる。そうして、知的退化が進むという順序になる。

おもしろいことは本の中にある。そう信じようとするのは活字文化のせいである。話より本のほうが高級で重要なことを教えてくれるというのも、文字信仰のつくり上げた神話のようなものである。

しゃべったことは、要するにムダ口であって、価値がない。そういう誤解をこどものうちから、知らず知らずのうちに頭の中に宿している。

哲学者の西田幾多郎が、論文のすぐれている人と談話のおもしろい人とがいる場面、どちらが知的にすぐれているのでしょうか、と訊かれたことがあるという。

たずねた人はもちろん、同座の人たちは、みな論文のよいほうがエラいと思っていたらしい。「それは、話のうまい人のほうが上です」という先生のことばにひどくおどろいたという。

文字文化の先頭に立っているように考えられていた大哲学者が、論文より談話を高く評価するというのは常識に反することだった。だからこそ、このエピソードが消えないで残っているのであろう。

むずかしいことはさしおいて、論文を読むのは苦労である。時のたつのを忘れ、われを忘れるというような論文を書いた人は、史上まれ、まずいないといってよい。

それに対して下世話なおしゃべりは、耳に入りやすく、忘れにくく、人づてに広まりやすい。つまり、おもしろいのである。

「売(う)り家(いえ)と唐様(からよう)で書く三代目」という川柳(せんりゅう)がある。

初代が苦労して築いた財産を、道楽者の三代目が使い果たすという意味であるが、これを論文に書いても、たいしておもしろくならないだろう。ところが、話しことばで言うと、あたたか味のあるメッセージがおもしろく感じられるのである。

同じような意味で収穫逓減（ていげん）の法則――同じ畑で毎年同じ作物をつくっているとだんだん収量が落ちてくる、というものがある。

これなどは売り家三代目に比べると、おもしろさが違うということを活字漬けになった人間は気づかない。

学のない昔の主婦は、話すことばのおもしろさ、知恵というものを知っていた。隣同士が水場に集まって、〝井戸端会議〟をひらく。これが、おもしろい。

生活の苦労を忘れて、四方山（よもやま）話をする。浮き世のいやなことも、ひととき忘れるかのようだが、おしゃべりの効用はそれにとどまらない。

心にわだかまること、ひそかに悩むことなどがあっても、夢中になっておしゃべりをしていると、いつしか苦が少なくなる。

今風にいえば、ストレス解消の効果がある。ストレスは諸病の遠因であるから、井戸端会議は健康増進の効果もあるということになる。

もともと、日本人は座学が好きである。ほかのことを停止して、静かに書物と相対する。それから学ぶのが学問であると決めていた。

欧米も、書物尊重ははっきりしているから、書物の価値はすこぶる高い。本を書く人はオーサー（author）で、著作権という権力（authority）をもっていて、他人が無断でこれを使用することは許されない。

ところが、日本人はこの著作権を認めるのが遅れたこともあり、海賊出版というものが、ずっとつづいていたのである。

知的自由が発想を生む

戦後しばらくすると、アメリカ留学をした日本人研究者たちが、シンポジウム（討論会）を口にするようになった。各学会が年次大会の目玉としてシンポジウムをおこなうようになると、またたく間に流行になった。

アメリカ帰りといっても、ひらかれているシンポジウムをただ眺(なが)めていただけで、本当のことはわからない。そういう人たちの企画ではじまったシンポジウムである。見よう見真似すらよくできない。

参加した人たちはといえば、スピーカーも聴衆もおもしろくない。形だけ真似てもダメだとわかるのに、かなり時間がかかった。

いまどき、シンポジウムを本気になって開催することはほとんどない。何人かの講師がめいめい勝手なことをしゃべっても何も得られない。むしろ、混乱するということになりかねない。

シンポジウムは、古来バカにされてきた〝耳学問〟にもならないとされて、あえなく消えた、といってよい。

シンポジウムがおもしろくない理由はいくつもあるが、いちばん大きいのは、スピーカー（発言者）がだいたいにおいて同じ分野の研究者であること。互いに、ほかの人の言わないことを言おうとする。競争だからである。

スポーツならともかく、話し合いの場でめいめいがほかの人と違ったことを言うのは、すくなくとも聴いている側にとっておもしろくない。話が小さくなる。新しいことが生まれることがすくない。

それならシンポジウムなどしないで、論文を読んだほうがいい、ということになる。

おもしろくない、というのが、日本人のシンポジウムの最大の欠点である。やはり、ことばは文字なり、なのである。

ヨーロッパ、アメリカでも、シンポジウムがうまくいっているわけではないように思われる。シンポジウムから生まれた業績は、案外すくない。

歴史的に見ると、何人かの者が集まってめいめい思ったことを話し合っていて、社会を変えるようなことを見つけるということがあった。

そのもっとも目覚ましいのが、有名なルーナー・ソサエティ（月光協会）である。

十八世紀後半、イギリスに生まれたルーナー・ソサエティは、毎月、満月の晩に会合をひらいたのでこの名がある。

中心になったのは、進化論のチャールズ・ダーウィンの祖父、エラズマス・ダーウィン。名医のほまれ高く、時の国王から侍医(じい)にと懇請(こんせい)されたのを、「患者がひとりでは退屈する」と言って蹴ったという逸話の持ち主である。

ここに集まるのは、化学者、神学者、教師、技術者などさまざまで、同じ仕事をしている人はいなかった。

何を話し合ったのかははっきりしないが、化学者のプリーストリーは酸素を発見。技術者マードックはガス灯を発明。ジェームズ・ワットは蒸気機関を新しくして産業革命を起こす原動力になった。

かと思うと、牧師が英文法の改良を提案するということもあった。

そういう目覚ましい業績が生まれたのは、メンバーの才能であるのはもちろんだが、めいめいが違った専門をもっていたことが大きい。まわりに遠慮することなく、存分に考えを述べることができたのである。

知的自由は、実際にはそう簡単に得られるものではないだけに、ルーナー・ソサエティの談論は貴重であった。世界の歴史を創る力になったのだから目覚ましい。

専門で固まらないために成功したのが、アメリカのハーバード大学である。二十世紀初め、ハーバードの学術レベルは後年のように飛び抜けたものではなかった。

それを残念に思った総長がポケットマネーを出して、各専門から横断的に優秀者を選び、毎週ランチョン・パーティーをひらいて研究発表と討論をおこなった。ハーバード・フェローズと呼ばれた。

十年もしないうちに、すぐれた研究者が続々とあらわれて、ハーバードの名を高からしめたのである。専門の異なるのがよかったのであろう。

同じ専門の者が話し合ったり、研究発表をすると、どうしても正確ということが重視される。のびのびと自由な考えを述べることはできない。

まわりが他分野の専門家であれば、警戒心（けいかい）を解いて、自由に考えることができやすいのである。

近代の学問、研究は専門化、分化によって進められ、それをもとに学部、学科も編成されている。知的自由が圧迫されるのは是非（ぜひ）もない。

先に述べたシンポジウムも、やはり専門主義を脱することができなくて、大きな成果が得られなかったと見てよい。すくなくとも日本においてはそうで、ひととき、あれほど騒がれたのに、いまでは人気がなくなってしまった。

乱談の妙

おもしろいことを発見したり、新しい思考をのばすには、シロウトの集まりがよい。専門家の集まりが弱いのは、どうしてであろうか。近代文化、技術が総じて不活発で、おもしろみに欠けるのは、同業の専門家組織を中心に活動したからではないか。

すくなくとも、〝おもしろい〟会合、談話が見られるのには、同業者がいないのが条件であるように思われる。

この点で、目覚ましい成果をあげているのが、ロータリークラブである。世界各地に支部がある。毎月、例会があるが、会員の出席ははなはだ良好である。

旅行中の会員は、その土地の支部の例会に出席するくらいである。それほど、おもしろい会なのであろう。

おもしろさの秘密は同業者がいないことである。パン屋のメンバーのいる支部で、新たにパン屋は入会することができない。

どこの支部でも、一業種ひとりであるのを原則とする。これがクラブの魅力であることをメンバーは忘れているかもしれないが、大きな特色である。話がおもしろくなるのも、そのためである。

ライバルがいなければ、思ったことを存分にぶち上げることができる。調子にのれば、それまで考えたこともないようなことが飛び出してくるかもしれない。

私はごく若いときに、専門の違う友人と雑談会、放談会をはじめた。周囲の事情が大きく変わったのにもかかわらず、四十年も会はつづいた。

おもしろかったからである。同学のものと話し合うのとはまったく異なった知的興奮を覚えた。

めいめい夢中になって、話し合う、というより、まくし立てていると、その勢いにつられ、ほかでは決して浮かばない考えなどが飛び出してくるような気がする。

対話ではない。雑談でもない。

心を許した仲間と、われを忘れて、頭に浮かぶことを追って、われを忘れていることさえ忘れる。

新しい考えが飛び出してくるような談話を、私は「乱談」と名づけた。乱読をもとにこしらえた造語である。

乱談によって、われわれは、ひととき、臨時に頭がよくなっているのかもしれない。

本気になって、そう考える。

放談に真あり

このごろの大学生に、何がいちばん関心があるかと聞けば、たいていが将来の仕事だと答える。就職活動である。面倒だから、〝就活〟という。

四年になって就活をするのは問題外。三年からでも遅いという。気の早いのは二年からはじめるという、信じられないようなことが伝えられる。

大学に学生の就職を助ける知見があるわけがない。先輩があわてているのを見て、勝手に興奮する。

採用する企業などが、人事選考についてしっかりした理念をもっていることは例外である。大学の成績を鵜呑みにして、古参の人が面接をする。人物評価などできるわけがないから、小さなところに目をつけて採否を決める。それが、長い目で見ると、自社の消長にかかわるなどと考えたりすることはない。

人材はむなしく泣いている、と言いたいところだが、そもそも人材というもの、人材の卵が学校にいるのかと反省する人はいないのだから、おもしろい。

さらにおかしいのは、求職する学生である。学部学科名のついたところに所属しているのだが、その学問、技術がどういう価値をもっているかなど、まったく関心がなく、無知である。

だいいち、自分は何が好きなのか、何をしたいのかなども、ほとんど関心がない。ただ、「なるべく楽をして、いい収入を得たい」という、こどものような願望で目をくらませられている。

そういうわけだから、いくら就活に奔走してみても、ロクなことはない。大半が失敗である。

気の弱いのは、あきらめて我慢の人生を歩む。血の気の多いのは、飛び出して再挑戦といく。

この失敗が案外、大きなことを教えてくれるらしい。我慢しても、いい知恵はわかないけれども、失敗は上首尾の与えない教訓をくれるのである。

勇者は失敗を怖れない。傑出した勇士は「ワレニ七難八苦ヲ与ヘ給ヘ」とうそぶくことができる。

自分のことを書くのは上品ではない。それを知らないわけではないが、失敗が幸いをつれてくることを実感しているので、あえて披露することにする。

米英を相手に戦争のはじまる八ヵ月前に、何に血迷ったのか、英語を専攻しようと決めた。まっとうな人間は、いくらこどもとはいえ、そんなことはまずしない。

戦争がはじまると、クラスの三分の一の者が退学した。卒業するときは、入学した者の三分の一の数であった。この間に味わった、いやな気持ち、あせりとあきらめが、あとから見ると大きな力になったように思われる。

戦争が終わると、逃げ出した連中の何人かが戻ってきた。われわれ受難組は、そういう〝才子〟を内心、少々バカにした。

やめたら、きっぱり捨てるべき。

おめおめ戻ってくるのは、なにか不潔であるように考えた。

アメリカ軍の下働きをすれば、いい収入になった。学校を放り出して、進駐軍の下働きをして時めいた（羽振りがよくなった）連中がいたが、大半は失敗であった。自殺者が何人も出た。

アメリカやイギリスが急に好きになれないから、なるべく生臭くない中世英語の古典を勉強した。五百年前の英語の勉強など、もちろんうまくいかないけれど、自分で決めたことだから、存分に悩み、充分に苦しんだ。

べつに不幸だと思ったことはないが、時めいている連中から見おろされているようなのが、わびしかった。

学校を出て勤めたのが大学附属の中学校である。名門校で、そこの教師になるのはいくらか名誉なことのように仲間からも見られていたから、希望をもって赴任したのである。

ところが半年して、これはいけない、と思った。一年半して、退職してしまう。どうするか、当てがあったわけではない。とにかく、ここにいてはダメだと思いつめたのである。

毎日がすこしもおもしろくない。ことに、授業をしたあとがいけない。すぐ職員室へ戻る気がしない。校舎をつなぐ渡り廊下でぼんやり空を眺めていたらしい。

「どうした。元気がないみたいだが……」

と声をかけてくれたのは、鈴木一雄くんであった。国語の教師をしていた。

学生のときいっしょに軍事教練をさせられた仲で、たいへん親しかった。こちらの様子を心配してくれているらしいことばかけに、心からありがたいと思った。

自分の勉強ができなくて困っている、学校はむやみと忙しくて……、などという愚痴をこぼしたらしい。鈴木くんは、

「ボクだって同じだ。このままじゃダメになってしまうという気持ちは同じだ。いっしょに勉強会をしてはどうか」

二人ではさみしい。もうひとり、鈴木修次くんを入れて、勉強の話をしようということになる。

鈴木修次くんは中国文学専攻で、やはり同じ学校で国語を教えていた。話はすぐまとまり、さっそくはじめた。

国文学、中国文学、英文学とみんな違ったことを勉強しているのが、初めは気になったが、和漢洋の三才が集って語り合うのはおもしろい、と三人とも考えたようである。月一回、日曜の午前に、三人の家を持ちまわりの会場にする。昼は出前の寿司をとって、家人の手をわずらわさない。夕方までおしゃべりをする。会は当番が、口火をきる小さな問題を提起する。

やってみて、〝おもしろい〟のにおどろく。

夕方になっても帰りたくない。夕飯を食べてしゃべりつづける。文字どおり、時のたつのを忘れる。何をしゃべったのか、いちいち覚えていないが、〝談論風発(だんろんふうはつ)〟とはこういう会のことだとめいめい思った。

専門が違うのがいい、とすぐわかる。何を言っても、聞いている人間にとっては新しい刺激であり、知識である。感心して聞いてくれる仲間がいると、話すほうは力が入る。

知っていることをしゃべりまくっているうちに、これまで考えたこともないような問題を提起することがあって、妙な気がした。

おしゃべりによって、めいめいが、すこし賢くなっているのではないかという錯覚をいだいたことがすくなくない。

それまで、ことばの勉強は本を読むことであると、漠然(ばくぜん)と思っていた。だが、この会――「三人会」と称していた――でおしゃべりをしていて、話すことばのほうが力をもっているということを知ることができた。

放談に真あり、ということに気づいた。

三つ巴（みつどもえ）の知力

二人の会話ではなく、三人が〝三つ巴（みつどもえ）〟になって話し合っていると、対話では生まれない豊かな考えが交わされるように思われる。

その点でひとりごとは、もっとも含みがすくない。個性ははっきりするが、新しいものを生み出す力に欠けることがすくなくない。

ふたりの話し合いは、対立によって、新しいものを生み出すことはできるが、半面、相手にしばられる。自由なことを考えるのがむずかしい。

気が重くなるような話し合いから、おもしろいことが生まれることは、まずないといってよい。

三人が話し合うと、対立ではなく、交流が起こる。ただの混乱ではなくめいめいが自由に動く。

三つ巴の合力であり、このエネルギーは独語、対話には見られないものである。

三つ巴の交流によって、めいめいのもっている力の三倍の知恵が出るのではなく、きわめて大きな知的エネルギーが生じる。

昔の人が、「三人寄れば文殊（もんじゅ）の知恵」といったのは、この三つ巴の知力に目をつけたものであろう。三人の話し合いがよい知恵を生むことが昔から注目されていたのに、いまは半ば忘れられている。

三人の会話が、おもしろいのである。

一般にそれを感じられなくなったのは、活字文化のせいである。

活字では三つ巴のおもしろさをとらえることはできない。活字は孤独で、生命力が話すことばほど大きくないのが普通である。

知識を得るには、ひとりで本を読むのが有効であるが、そこから新しい考えが生まれることはすくない。一対一の話し合いは批判力を高めることはできるが、やはり、新しいものを呼び込むことは容易ではない。

三人が心をひらいて話し合えば、おのおのの考えもおよばないことが、ひょっこり、偶然のように生まれる可能性が大きいのである。

活字、文字信仰のつよい社会は、耳学問を認めない。主観的で、個性的、批判的ではあっても、新しいものを生むことは困難である。

おしゃべりなどを本気になって考える人がいないのが近代文化である。おしゃべりがバカにされないように、おしゃべりはおもしろくなっているのである。本を読んでも頭をよくすることはできる。しかし、もっと賢くなるには、おしゃべりが必要である。

おしゃべりのおもしろさが感じられるのが、〝知のはじめ〟である。

7 アウトサイダー思考

おとぎ話の寓意(ぐうい)

おじいさんとおばあさんがいて、おじいさんは山へ柴刈りに、おばあさんは川へ洗濯にいった。そのおばあさんが、川を流れてきたモモを拾い上げた。うちへ帰ると、赤ん坊が生まれる。

おとぎ話である。聞かされるこどもは、何のことかさっぱりわからないが、なんとなくおもしろそうだという気持ちになって先を聞きたがる。

いくらなんでも、モモから赤ん坊が生まれるはずはないが、と疑問をいだくのは普通のこどもではない。そんなことさえ考えないで、話を受け入れる。

大きくなったモモタロウは、キビダンゴを与えて、サル、キジ、イヌを家来にした。そして、鬼が島征伐(せいばつ)に成功する。

まるで現実ばなれしているが、話の初めに、〝むかしむかし、あるところに〟という呪文（じゅもん）がある。夢のようなことがつぎつぎ起こるのも、この呪文のせいである。

〝むかしむかし、あるところ〟というのは夢の世界である。きのうきょうではない。近所のことでもない。遠い昔のことであると、初めにことわっているのである。

ニュースは、きのうきょうのことである。十日もたてば、忘れるともなく忘れてしまう。よく知っている隣近所のことはニュースにならない。

〝むかしむかし、あるところ〟の話は、ニュースとは逆の世界である。何年たっても古くならない。古い遠くのこと、それが、なぜかおもしろいのである。

日本だけのことではなく、どこにも、おとぎ話があるのもおもしろい。

日本で〝むかしむかし、あるところ〟というところが、英語では〝かつて、あるとき〟（Once upon a time）という決まり文句になっている。英語には、〝あるところ〟に当たるものがはっきり表現されていないが、心は、〝あるところ〟である。

べつに東西で会議などして決めたことではないのだが、〝むかしむかし〟という考えがあるというのはきわめておもしろい。人間の心理の深いところで生まれたことであるのを暗示しているように思われる。

それにしても、こどもが生まれるのを、モモから生まれたとするところがおもしろい。いくらなんでも、モモがこどもを生むわけがないが、幼い子はそんな理屈を知らない。モモタロウはモモから生まれるということすらわからない。

わけ知りの大人のなかには、こんなことを言う人がいる。

モモは人間のお腹の下、股と同じことばである。だとすると、こどもが股から生まれても、すこしもおかしくない。英語の聖書などには、腰（loin＝生殖器の婉曲表現）から生まれしもの、という表現がある。

モモが股であるとすると、モモタロウがモモから生まれてもおかしくないが、それをあからさまに語るのは、やはりはばかられる。食べられるモモから生まれたことにすれば、すべてうまく落ち着くのである。

モモタロウはキビダンゴをもって旅に出て、サル、キジ、イヌを、キビダンゴを与えることで家来にした。実際にはダンゴではなく、黄金であったかもしれない。領地であったかもしれない。封建社会の成立をそういう話にするのは、一種の芸術である。

幼子（おさなご）にも、ダンゴで家来をつくるというのはなんとなくわかり、おもしろいのである。大将になったモモタロウが、ただ威張っているのはよろしくない。大敵の鬼を退治するという大業（たいぎょう）を企（くわだ）て、まんまと成功して、たいへんな財宝を手に入れるということになっている。

つまり、モモタロウの成功物語（サクセスストーリー）なのであるが、具体的、写実的な話にしては、おもしろくない。わざとデフォルメして、寓意（ぐうい）にするとおもしろくなる。そういうことを昔の人は知っていたのである。

隣のモモさんがこどもを産んでも〝気はやさしくて力持ち〟の英雄にはなりにくい。あまり素性（すじょう）のはっきりしない〝流れ者〟の女性から、健康優良なこどもが生まれる。近親結婚はよろしくないということは、メンデルの法則によって初めて一般の知るところになるのだが、この話は比喩（ひゆ）によって、近親の結合を避けるように教えた、ともいえる。これはおどろくべき想像力であり、洞察（どうさつ）である。

それをそのとおり表現することばを知らなかった人たちは、〝むかしむかし、あるところ〟の話をこしらえたのである。

ケンカばかりしていた者が、同じ実力者のもとで力を合わせるようになると、互いに力を合わせて、大将を倒そうという動きをする。凡庸な支配者は天下泰平だとうつつを抜かしていると、クーデターを起こされ、没落することがすくなくない。

モモタロウくらいの親分になると、ちゃんと一手を打つ。平和であるのが危険だから、大敵をこしらえて、それを攻撃することを考える。

それには、サルもキジもイヌもない。力を合わせて難敵に当たる。それでモモタロウの支配は不動ということになるのである。

プラトンの詩人追放

古代ギリシャは面倒な問題をかかえていた。もっともすぐれた哲学者であるプラトンが、詩とドラマを認めなかったのである。

なぜいけないか、というに、一般に否定されている反道徳的、反社会的なことから、罪業、殺人などを再現し、人々の娯楽として供している。許しがたい、というのである。

それによって、プラトンは自らの考えた共和国に詩人を入れることを拒んだのである。

実際には、すぐれた詩歌が栄えたギリシャである。多くの人たちを歓ばせたギリシャの詩人である。共和国からの詩人追放はたいへんなことである。

ただ、提唱しているのが大哲学者であるために、あながち、それを否定することができない。もちろん、反論などするわけにいかない。

現実の問題として、詩や演劇を抹殺することもできない。なんとかして救うことはできないか、多くの学者・芸術家は心を砕いたことであろうが、これといった名案はあらわれなかった。

それを救ったのが、アリストテレスであった。後世、「カタルシス説」といわれる論説によって、フィクションの弁護をおこなった。

人間は生きていると、有毒なものを発生する。それがたまって多くなると、ときに生命をおびやかすほど危険である。そこで、外から毒に当たるものを入れて、解毒する。

詩歌、演劇はその下剤に相当するものである。

アリストテレスはこう論じたのである。病理の考えを採用したもので、カタルシス説として二千年にわたって生きてきた。

現代の芸術論においても、なお、芸術の反社会性を合理化するにあたって、このカタルシス説の流れを汲(く)む弁明(アポロギア)があらわれる。

しかし、カタルシス説が完全肯定(こうてい)されているわけではない。芸術、演劇の美は、カタルシスでは充分に説明できないからである。

それにもかかわらず、カタルシスを超える考えが生まれないまま、現代を迎えたのである。

プラトン、アリストテレスがいくら偉大であったにせよ、詩、演劇の本質的価値をとりちがえているのではないかという説が生まれなかったのは、知性の怠慢(たいだ)というほかはない。プラトンの詩、演劇否定は人間性を無視しているといわれても仕方がない。

いくら共和国から締め出されても、詩人はいまも生きている。毒をもって毒を制するに近いカタルシス説も、いかにも古く、説得力は限定的であるといわなくてはならない。哲学者が何と言おうと、ドラマはおもしろく、人々を喜ばせた。しち面倒くさい生理学的比喩（ひゆ）などあまり役に立たない。

芝居はおもしろい。現実では許容されない殺人も、舞台で演じられれば、ときに美しく思われる。

すくなくとも興味深いのである。そこには、社会性など介入しない。

舞台をのぞき見る観客

ギリシャ人が悲劇のおもしろさを理解するのに困難があったのは、古代ギリシャの演劇が円形劇場で演じられたことと深くかかわるように思われる。

円形劇場は観客席が舞台を円（まる）くとり囲んでいる。そこで演じられるドラマは、演者と観客との分化が充分におこなわれにくい。

見ている者は演じている者と一体化しやすいという事情があって、古代ギリシャ悲劇の観客は道徳的になりがちであったと考えられる。

本質的に考えると、ドラマの舞台は、観客のいるところとは別世界である。ギリシャ劇はその分化がはっきりしなかったときに生まれた演劇である。近代に適合しないのはいうまでもない。

中世から近世にかけて、演者と観客の分化は着実にすすんだ。それには哲学者など不要であった。劇場の構造がすこしずつ、舞台と客をひきはなしたのである。

まず、円形劇場を奥舞台と結びつける劇場があらわれる。ついで、円形部分が、角形になって、エプロンステージ（正面が客席のほうにせり出した舞台）が多くなる。さらに、舞台がひっこむと、額縁舞台（額縁で囲まれた一枚の絵のように見える舞台）になる。

額縁舞台になると、客席とははっきり仕切られた。二つは別世界になる。これは近代劇にとって基本的な問題である。

観客は、舞台に参加しない。のぞき見するのに近くなる。

それをはっきりさせるために、舞台と客席を分離する、幕やカーテンが引かれるようになって、ステージは客席とははっきり別世界になるのである。

観客は、のぞきによってドラマを見ることになる。しかし、一般の観客は、自分たちが、舞台の上の演者とはっきり別の世界の存在であることを意識しないかもしれない。劇的刺激はそれくらい強烈（きょうれつ）である。

舞台で演じられるのは仮想の世界である。客席の観客とは、結びつきがない。無縁である。

そういう関係において、ドラマティックなおもしろさは成立するらしい。

第四人称の存在

舞台の上でドラマをしている演者はひとつの世界をつくっている。第一人称、第二人称、第三人称に分かれる。

しかし、それには、観客はふくまれない。そのことが、昔からはっきりわかっていなかったのである。

プラトンなども、舞台の内外を区別しないから、演劇の反社会性、反道徳性をうまく説明することができなかった。

ヨーロッパ近代になって、ドラマを演ずる人たちと、それを見る人たちが別世界の存在であることをはっきり認識するようになり、両者を区別するために、舞台と客席にカーテンを引いた。たいへんな発明であったわけだが、一般の人は、そんなことに興味を示さなかった。

舞台と観客席は同一世界ではない。カーテン、幕で仕切られると、二つの世界であることがはっきりした。

これを発見した人は、プラトンはもちろんアリストテレス以上に、芸術的虚構というものの本質についての洞察があったことになる。

舞台の上の世界には、第一人称、第二人称、第三人称がある。ところが、観客席の人は、そのいずれとも違う存在である。第三人称の拡大と見るのは正しくない。

しいていえば、客席の人間は、〝第四人称〟ともいうべきカテゴリーに属する。

言語学的には、世界を第一、第二、第三人称でとらえることができるが、芸術社会学ともいうべき立場からすれば、三人称のほかに第四の人称であらわされる存在が必要になるのである。

舞台の上は、第一〜第三人称世界である。その隣の第四人称は、大きくはなれた別世界である。第一〜第三人称の世界に対して、第四人称の世界はアウトサイダーである。まったくコンテクストが違う。

当事者たちにとって、赤く見えるものが、第四人称の人間からは金色に輝くかもしれない。

第三人称世界と第四人称世界は、異なった価値観をもっているといってもよい。

常識やモラルを超える力

人間は社会的動物である。

無人島にひとり住む人は、人間らしい人間ではない。他者がいないのは自己のないことに通じる。二人きりの世界は、やはり、退屈(たいくつ)であり、濃密でありすぎて、〝おもしろく〟ならない。

三人目があらわれて、もろもろの文化が生まれる。おもしろいことも、あらわれる。人が三人いるところ、第三人称の世界は、現実を超えるおもしろいものが生ずる可能性がある。しかし、なお、相互の関係が密であって自由でない。

自由でないものは、おもしろくない。三人称世界は、充分に自由でなく、したがっておもしろいドラマは生まれにくい。

第一人称、第二人称、第三人称だけでは、〝おもしろい〟ことが生じにくいのである。

その世界をはなれたところに、第四人称が考えられる。考えられるということは、実在ではない、ということである。第四人称を承認できない人が、実際にかなり多く存在する。

芸術とか美とか、知的な笑いなどにひらかれた精神は、遊びの世界によって育(はぐく)まれると考えられるもので、文化の成熟につれて変化する。

実利実益の追求に多忙な社会においては、浮世ばなれした文化を喜ぶ洗練に達することがむずかしい。

おもしろいことは、基本的な三人称社会を超えるところにある。

三人称社会はことごとに責任をともなう。社会的拘束(こうそく)から自由ではない。

おもしろさを解するには、ある程度の社会的無責任、つまり、自由が必要である。そして、その自由をもつのが第四人称である。

第四人称の立場に立てば、第三人称世界の逆のことが許容されて、それがおもしろい、と感じられる。

これまで人類の歴史において、はっきりした思考にもとづいて、アウトサイダー、第四人称世界が考えられなかったために、芸術、フィクションは、モラルの責任を負わされて苦しんだのである。その状況は、現代においてもなお変わっていない。

おもしろさの文化が栄えるには、常識的モラルの枠外に立つ、第四人称の世界が必要である。

第四人称的文化は、おもしろさの源泉であるだけではない。一面的思考を吟味（ぎんみ）する批評も、第四人称的であるからおもしろくなる。

ここで考えている第四人称は、社会性から自由なところで生まれる価値を教えてくれるもので、文化の成熟度を暗示している。

アウトサイダーは新しい価値を発見する力をもっている。

芸術文化はもっとも早くその力を明らかにしたけれども、社会が成熟し、人間の感受性がより柔軟になれば、文化社会の広い分野において、アウトサイダー、ここでいう第四人称の存在は大きな力をもつようになるだろう。

〝おもしろさ〟という身近な価値を解き明かすにも、内部的構造を究明するより、第四人称の自由な視点を深化させるほうが有効であるように思われる。

ウソとマコト

ことばはもともと、うたであり、たとえであったのかもしれない。幼いこどもにとって人間と動物、ものの区別は、いまの成人のことばとは質的に違っているのかもしれない。

ネコがものを言い、イヌとけんかするのは、人間と同じであるように思われる。生まれて間もないこどもにとって、ことばはもの、こととの区別がはっきりしない。

山は近くにあったときは、こまかいものがうるさいほど見えているのに、遠くはなれてみると、そういう細部が消えて、おしなべて青く見える。ウソになるのである。

空間の距離が色を変えるとすれば、時間の距離はものの形を変え、ヒトを動物に、動物をヒトに変える。そこで神話、むかし話が生まれる。

そのことをあるがままに、それに近い形で伝えることばがなかったのである。つまり、遠い過去のことは、たとえ、比喩、空想によって消えていたのである。

したがって、モモは果物であると同時に、こどもを産む人間でもある。

ところが、日記のような記録をつくろうとすると、そういう比喩的、神話的なことばでは間に合わない。モモは桃、ヒトのこどもはヒトの子、となる。

目の前、現在のことを表現する、写実的なことばが必要になり、かなりの困難のすえ、「スペードはスペード」という具体的言語が生まれる。

しかし、それはずっと後になってからである。どこの国でも、神話が生まれてから、長い長い時間がたって初めて、事実を表現する散文が生まれる。

どこの国でも、神話の時代が長くつづき、ようやくことがらを表現する文章、ことばが生まれる。日記が書かれるようになって、ようやく写実的言語があらわれたということである。

人類の規模で起こっていることは、いまもわずかながら個人によってくり返されているのである。

幼い子にとっては、イヌ、ネコとヒトは話ができる。大人のことばを教わって、それがメルヘンというものになる。

〝むかしむかし、あるところ〟のことばは、どの民族にとっても、じつに長い歴史をもっている。いまなお、〝むかしむかし、あるところ〟のことばが大人のあいだで通用しているところはない、と断定はできない。

詩歌、うたは、〝むかしむかし、あるところ〟のことばによってつくられる想像の世界をあらわしているのだから、日常生活から見ると、いろいろ不合理である。ウソである。

ただし、そのウソがおもしろいから、人はそれを大切にして、後人に伝えようとする。

それに反して、事実を表現する、〝いま、ここ〟のことばは、まったく別のことばであるとしてよい。〝いま、ここ〟のことを表現することばは、正確であるが、おもしろみに欠ける。

ことばは、まず、〝むかしむかし、あるところ〟のメディアとして確立したと考えられる。それは、事実、真偽ということを超越する力をもっている。

どうして、ウソがマコトよりつよく長生きするのか。

〝むかしむかし、あるところ〟のことばが、いわゆるウソをふんだんに含んでいるからで、そのため、ウソでかたまったような話が、歴史を超えて語りつがれるのである。

おもしろいものは、消えない。おもしろいものは、遠くはなれたところにある。

その虚偽性に反発して、自然科学が生まれたというわけである。

著者略歴
一九二三年、愛知県に生まれる。英文学者、評論家、エッセイスト。お茶の水女子大学名誉教授、文学博士。東京文理科大学英文科卒業後、雑誌「英語青年」編集、東京教育大学助教授、お茶の水女子大学教授、昭和女子大学教授を歴任。専門の英文学をはじめ、言語論、教育論など広範囲にわたり独創的な仕事を続ける。
著書にはミリオンセラーとなった『思考の整理学』（ちくま文庫）をはじめ、『「マイナス」のプラス―反常識の人生論』（講談社）、『思考力』『思考力の方法』『忘れる力　思考への知の条件』（以上、さくら舎）、『乱読のセレンディピティ』（扶桑社）、『老いの整理学』（扶桑社新書）、『知的生活習慣』（ちくま新書）、『50代から始める知的生活術』（だいわ文庫）、『外山滋比古著作集』（全八巻、みすず書房）などがある。

「マコトよりウソ」の法則

二〇一七年九月七日　第一刷発行

著者　外山滋比古
発行者　古屋信吾
発行所　株式会社さくら舎　http://www.sakurasha.com
東京都千代田区富士見一-二-一一　〒一〇二-〇〇七一
電話　営業　〇三-五二一一-六五三三　FAX　〇三-五二一一-六四八一
編集　〇三-五二一一-六四八〇　振替　〇〇一九〇-八-四〇二〇六〇
装丁　石間　淳
装画　ヤギワタル
印刷・製本　中央精版印刷株式会社

ISBN978-4-86581-118-6